Peregrin

Em busca das crianças perdidas

O Peregrino

Tibor Moricz

1ª edição

Editora Draco

São Paulo
2011

Tibor Moricz

filho de húngaros, é um paulistano nascido em 1959. Publicitário e escritor, publicou *Síndrome de Cérbero* (2007) e *Fome* (2008). É um dos organizadores dos dois primeiros volumes da coleção *Imaginários* e capitão do bem sucedido *blog* internacional de entrevistas ficcionais *From Bar to Bar*. Premiado em concursos literários, tem contos publicados em revistas virtuais e em papel.

Edição: Erick Santos Cardoso
Produção editorial: Janaina Chervezan
Revisão: Andréia Szcypula, José Roberto Vieira, Karlo Gabriel e Saint-Clair Stockler
Ilustração de capa: Ericksama

Dados Internacionais de Catalogação na Publicação (CIP)
Ana Lúcia Merege 4667/CRB7

M 854

Moricz, Tibor, 1982 -
O Peregrino / Tibor Moricz. – São Paulo : Draco, 2011.

ISBN 978-85-62942-16-7

1. Ficção brasileira I. Título.

CDD-869.93

Índices para catálogo sistemático:
1. Ficção : Literatura brasileira 869.93

1ª edição, 2011

Editora Draco
R. Carlos Honório, 190 - 13
Jd. Esther Yolanda - São Paulo - SP
CEP 05372-070
draco@editoradraco.com
www.editoradraco.com
www.facebook.com/editoradraco
twitter: @editoradraco

1º Ciclo

2º Ciclo

3º Ciclo

A Jorge Hernan Rodrigo Rosales.
Sem ele este livro jamais existiria.
"In memoriam"

O Peregrino

1º Ciclo

"A felicidade de um povo não se mede pelas riquezas que tenha amealhado, e sim pelas crianças que gerou e que se veem correndo pelas ruas, livres e contentes"

Trevis Westwood - 1877

Capítulo I

Era a vida. A salvação. O destino. O querido Peacemaker.

Uma escuridão imensa. Silêncio. Um nada absoluto. Foi assim por um tempo desconhecido. Até que se iniciou um rumorejar. Como água correndo pelo leito de um rio. De começo uma correnteza leve. Depois uma enxurrada que sai arrastando tudo o que encontra pelo caminho. Estava mergulhado nela, sendo arrastado. Ora submergindo, indo até as profundezas mais densas, ora explodindo na superfície, procurando por ar. A água corria por leitos impenetráveis. Embora estivesse sendo conduzido violentamente para algum lugar, era-lhe impossível determinar o seu destino. Era-lhe impossível determinar qualquer coisa, porquanto a escuridão ainda imperasse.

Mas já não estava mergulhado no nada. Havia movimento. Havia forças contrárias se entrechocando. Uma luta feroz na qual imperava o desejo de despertar. A vida gritando para surgir.

Então veio a luz. De início um fio luminescente que fez brilhar partes infinitesimais da água que trovejava. Uma sensação de agonia, uma expectativa que antecedia um encontro desconhecido. Estava com medo. Não era ainda um sentimento claro e definido, mas se avolumava quase na mesma intensidade com que a água estrepitava por leitos já não tão escuros. O fio de luz se alargava lentamente, deixando-o ver mais e mais a cada segundo.

As águas foram baixando até que pôde sentir o leito do rio sob os pés. Apoiou-se, trôpego. Com braçadas frágeis arrastou-se para fora, indo repousar o corpo trêmulo na margem enlameada. Tombou exausto. A escuridão era recortada por fachos de luz que iluminavam ao derredor. Mas nada mostravam a não ser um vazio perturbador.

O vazio da sua própria mente.

A luz, antes intermitente e subdividida por fachos, unificou-se. Um rasgo na superfície enegrecida desse cenário de horror fez com que ela explodisse quase num golpe. Com força capaz de jogar um homem no chão, aturdido. Emitiu um silvo de espanto, o corpo estremeceu. Músculos se retesaram. A dor foi excruciante. Abriu os olhos. A fulgurância lhe agredia as retinas. Manteve o movimento de abertura das pálpebras, resistindo ao desejo intenso de voltar a fechar os olhos e adormecer, retornando ao esquecimento.

Não estava mais num rio caudaloso. Nem caído em margens lamacentas. Encontrava-se sentado, pernas cruzadas, no chão duro e pedregoso de uma caverna. Diante de si a entrada por onde vinha a luz. Forte, firme e deslumbrante. Permaneceu quieto, imóvel por um largo período de tempo. O suficiente para ver o dia ir dando lugar à noite. Olhos abertos, acompanhando o revoluteio do pó ao redor. Vendo a luz ir diminuindo até ser totalmente abraçado pela escuridão. Era uma escuridão relativa. Não era intensa e assustadora. Fechou os olhos, mas não dormiu. Manteve-se absorto em si mesmo, tentando, de certa forma, recordar algo que não conseguia definir. Existiam perguntas, mas elas estavam longe... Talvez juntas com as respostas. Teria que ir procurá-las, onde quer que estivessem.

Na manhã seguinte, tentou se levantar. As articulações doíam. Olhou para fora, além da entrada, onde um recortado de luz exibia céu, nuvens esparsas, rochas e pó. Ficou ali, piscando os olhos enquanto tentava despertar nervos e músculos. Só se lembrava do ontem. Não havia anteontem. Não havia passado longínquo. Só o ontem e o hoje. E os dias que se seguiriam.

Então dobrou uma das pernas, lágrimas resultando do esforço. Depois a outra. Sorriu, satisfeito. Tentou engatinhar mas não conseguiu. Emaranhou-se nos próprios cabelos, tão compridos que lhe cobriam o rosto, o peito e as costas. A barba cheia, grande e suja. Quase tão comprida quanto os cabelos. Girou no chão, usando os pés como pás. Contorceu-se de um lado a outro. Soltou urros roufenhos, a baba misturando saliva ao pó.

E viu, mais uma vez, o dia ser substituído pela noite. Viu também estrelas. E a Lua num sorriso discreto.

Estava enovelado num misto de sensações. Dor, por todo o corpo. Ardências, pruridos. A pele recoberta por camadas grossas de pó. A tez amarronzada. Os lábios rachados, a boca seca, a língua inquieta. A cabeça dava voltas, lembranças, lembranças... Não as tinha. Havia dor interna, íntima. A dor do esquecimento. Passou a noite girando pelo chão, grunhindo, rosnando, cuspindo barba e cabelos que lhe entravam pela boca a cada movimento. Os olhos agitados, procurando por detalhes na escuridão.

Só foi se dar conta da quase nudez ao amanhecer. Trapos do que fora uma calça a cobri-lo. Nenhuma camisa. Pedaços no chão do que parecia uma bota pequena, velha e ressecada. O dorso arranhado pelo constante rastejar. Quando o Sol já ia alto foi que conseguiu se pôr de joelhos. Vitória comemorada com um riso enlouquecido. Manteve-se parado, sentado sobre os calcanhares, saboreando a conquista. Afastou os cabelos do rosto com uma das mãos. O olhar fixo lá fora num ponto distante do céu, onde um finíssimo traço negro fazia circunvoluções. Balbuciou "abutre". Excitado e inquieto. Não sabia de onde tirara o nome. Se do fundo, dos recônditos da memória. Gargalhou mais uma vez, mas logo se interrompeu. Sério, compenetrado. Fez um rápido movimento de alavanca e tentou se erguer. As pernas fracas não resistiram ao esforço extra e caiu de bruços. Não se sentiu derrotado. Conquistara importantes avanços até o momento. Pouco mais até se pôr de pé. Isso era certo. Mais que certo.

Contou os dedos das mãos. Um a um, todos eles. Unhas longas, rachadas e imundas. Percorreu os dentes com a língua. Estavam todos lá. Sentiu as costelas. Todas saltadas para fora como se quisessem fugir-lhe da caixa torácica. O coração batendo forte. Colocou-se de joelhos novamente. Com menos esforço dessa vez. Apoiou ambas as mãos no chão, ficando de quatro. Evoluiu dois metros. Riu baixinho, deixando pingar algumas gotas de saliva. Procurou firmar bem o pé. Fez o mesmo com o outro. Mesmo que trôpego, estava de cócoras. Respirou fundo tentando controlar a emoção. Dois pequenos saltos e pôs-se próximo de uma das paredes. Encostou-se nela e fez força para ficar de pé. Pensou que ia rebentar; que os olhos fossem saltar das órbitas; que os músculos fossem estourar. Mas conseguiu, finalmente.

Estava em pé. Trêmulo, é verdade, mas em pé. Quis se atirar afoito para a entrada da caverna, mas não o fez. Quis correr, mas também não o fez. Manteve-se ali, respirando devagar até aliviar o batimento cardíaco, até se sentir bastante equilibrado para arriscar um único passo. Uma das mãos ainda buscando na parede o apoio necessário para a empreitada. Conseguiu. Um segundo passo exigiria que se afastasse da parede com distância suficiente para perder dela o apoio. Um grande risco. Mas se caísse, levantaria-se. E se reergueria tantas vezes quantas fossem necessárias até poder caminhar com força e firmeza suficientes.

Olhou para si mesmo. Dessa vez de outra perspectiva. Abaixou a cabeça observando o corpo. Um farrapo. Pernas e braços que pareciam gravetos secos. O tronco macérrimo. Pedaços de pano mal lhe cobriam o genital. A barba e o cabelo desciam em cascata, emaranhados, sujos e mal cheirosos. Pés grandes com dedos pontudos. Unhas compridas e retorcidas.

Caminharia até a entrada da caverna. Do jeito que fosse, chegaria lá. Mesmo que de quatro. Estava decidido. Mas uma coisa o reteve. Um objeto que não vira até então, caído no chão, bem próximo de onde estivera quando despertou. Devia tê-lo arrastado enquanto rastejava feito uma cobra. Enquanto girava alucinado. A vontade de ir para fora da caverna fraquejou, mas só por alguns momentos. Pelo tempo necessário para se aproximar do objeto e pescá-lo do chão. Porque não pretendia se abaixar. Não depois de tanto esforço para se erguer.

Primeiro um pé, depois outro. Cambaleou ligeiramente. Sentiu tontura. Algumas pontadas nos músculos. Náusea. Engoliu o muco que aumentava na boca e, já próximo do objetivo, parou. Manter-se em pé era trabalhoso. Viu-o bem diante de si. Na frente do pé direito. Como pegá-lo era a questão. Os pensamentos não eram tão rápidos. Raciocínio lento. Achou que conseguiria erguê-lo com o dedão do pé. Com a unha comprida e retorcida. Mas se deu mal, desequilibrou-se. Caiu de lado, os ossos estalando ao se chocar contra o solo. Mordeu os lábios, tentando não gritar. De ódio. De raiva. De frustração.

Mas a casualidade o havia brindado. O objeto do desejo estava tão próximo de uma das mãos que pôde sentir o gelado do metal se espalhando pelos dedos. Sorriu, embora a dor não lhe desse motivo para tanto. Os dedos longos e finos tatearam o objeto. Puxaram-no até que estivesse todo preso. Agarrado.

Uma lufada de ar fresco circulou dentro da caverna e um fragmento de memória lhe assomou. Fechou a mão na coronha, gargalhando como nunca fizera antes. Era o seu potrinho, o querido potrinho. Era a vida, a salvação, o destino. Seu querido Peacemaker.

A luz do Sol o banhou por inteiro. Estava diante da entrada da caverna. O corpo ainda fraco, mas bem mais firme que minutos antes. Respirava melhor. Os olhos mais acostumados com a claridade, os músculos não reclamando tanto. Passos que esbanjavam ritmo e estilo para alguém que estava numa caverna por muito, muito tempo.

Avançou até a beirada do despenhadeiro. À frente uma queda abrupta e vertiginosa com cerca de duas centenas de metros. Lá embaixo, até onde a vista podia alcançar, uma planície crestada pelo Sol. Caminhara poucos metros e já considerava isso uma conquista sem precedentes. Imaginava o que teria que caminhar para se afastar dali até encontrar alguma civilização. Ergueu o Colt 45 diante dos olhos e observou atentamente cada uma de suas reentrâncias; como a arma lhe causava um profundo apelo hipnótico; como era linda, cheia de encantos, fascinante. Passou o dedo pelo gatilho, puxando levemente o cão. Sentiu como as peças pareciam azeitadas. A cada instante se sentia melhor, tão melhor que considerava a longa caminhada apenas um pequeno passeio.

E então, foi passear.

Capítulo 2

Cavalo e cavaleiro.

Descer a montanha, vencendo cada metro em direção ao solo foi difícil. Chegou bem, todavia. Recuperou em segundos o fôlego, observando ao redor com curiosidade. Rochas ao pé da montanha, vegetação espinhenta e ossos ressecados. Algumas caveiras e esqueletos esbranquiçados, juntos ao que restava de um rifle.

Ignorou-os porque nada lhe diziam.

O chão estava bastante quente, mas não o fazia experimentar nada além de um leve formigamento na planta dos pés. Não o incomodavam os pedregulhos. Nem os gravetos. Nem o sol forte sobre o corpo seminu. O olhar se perdeu na imensidão da planície, divisando ao longe o ondular de distantes colinas. No céu, abutres mantinham distância segura, embora o acompanhassem atentos. O Colt bem seguro numa das mãos.

Havia um vazio assustador. Uma perturbadora sensação de fome. Mas não a que exige satisfação orgânica. A fome que o afligia se agitava dentro da cabeça. Era uma ânsia que ordenava satisfação, sem nenhuma para receber. Sede de conhecimento. Saber quem era. Qual seu nome. O que fazia na caverna e por quanto tempo estivera ali. Sentia como se todas essas perguntas estivessem acompanhadas das respostas respectivas. Como se essas respostas bailassem diante dos seus olhos, prontas para serem vistas e compreendidas.

O ar quente junto ao solo lhe dava a nítida impressão de se ver água onde não havia. Embora parecesse estar há tempos afastado da civilização, a sede não o incomodava. Viu uma cobra deslizando para debaixo das pedras. Também pequenos lagartos.

Olhou para trás. Viu a colina de onde saíra. Distante de forma a parecer uma corcova tímida no horizonte. Perguntava-se quanto mais teria que caminhar até chegar à civilização. E o que faria quando esse lugar surgisse. Estava imerso em dúvidas, aparentava ser um transtornado. Alguém foragido de uma instituição para doentes mentais.

Súbito parou, era premente que o fizesse. Sentiu os membros estremecerem, o ar lhe fugiu para logo retornar numa longa aspiração. Os cabelos em desalinho, derramados sobre o rosto, o olhar fixo num ponto distante, vendo nada porque nada havia para ser visto. O que o manteve imóvel, obedecendo a uma ordem imperativa, oriunda do fundo do seu ser, vinha do outro lado, à sua esquerda. Longe do alcance dos olhos na posição em que se encontrava. Mas, mesmo assim, tão claro, tão nítido... Como se se apresentasse a poucos metros de distância.

O Colt ganhou firmeza na mão esquerda. Os dedos envolveram o corpo da arma, agarrando a coronha. Indicador no gatilho. O cão se ergueu sozinho, sem que fizesse nada nesse sentido. Foi quando virou o rosto para o lado. Os olhos argutos se chocaram com uma tênue linha que ondulava no horizonte. Centenas de metros à frente, bamboleando sobre o dorso de um cavalo.

Era um homem. Tão longe que mal podia ser identificado. Foi a primeira certeza desde que despertara. A certeza de saber que seu destino começava a ser delineado nesse mesmo instante. Ergueu o braço. O Colt apontado. Um leve tremor; um pequeno, quase ínfimo peso na consciência. Algo distante, implorando para que não fizesse isso. Mas pressionou o gatilho. O estampido ecoou pela planície.

Mais de cento e cinquenta jardas até alcançar cavalo e cavaleiro. Tiro bem dado. Um buraco enegrecido na testa, bem entre os olhos, o corpo caído meio de lado, olhos abertos. O sangue abundante empapando a areia quente. Qualquer resquício de arrependimento ficara para trás.

Respirou fundo e desviou o olhar da carcaça que logo seria devorada pelos abutres. No lombo do cavalo uma quantidade de peles de búfalo. Duas sacolas, um cantil com pouca água, um rifle. Despiu-o e se vestiu com as suas roupas. Prendeu as botas pelos cadarços e as pendurou no ombro, com essas unhas não conseguiria calçá-las. Tentou beber a água do cantil, mas foi obrigado a cuspi-la; parecia-lhe intragável. O animal não refugou a montaria. Vasculhou as sacolas e não encontrou nada nelas que pudesse lhe servir. Jogou-as ao lado do corpo. Abandonou também as armas do morto, afinal já tinha a própria. Firmou o Colt no coldre, tomou as rédeas e foi na direção em que o homem tomava quando fora derrubado.

Cavalgou com a segurança de um cavaleiro experiente, embora não se lembrasse de ter estado, um dia, no lombo de um cavalo. Ainda precisava dar um jeito no cabelo e na barba. E nas unhas. E nas dúvidas que o perseguiam. Queria saber onde aprendera a atirar tão bem. Onde aprendera a sentir a presença de uma pessoa, mesmo de tão longe. Pôs a mão no Colt. O cheiro de pólvora queimada persistia. O tiro certeiro, numa distância dessas... Bamboleou seguindo o gingar do cavalo. O chapéu do morto lhe protegendo a cabeça do sol inclemente.

Há poucas horas não era mais que um amontoado de dores, rastejando numa caverna. Quase enlouquecido, salivando enquanto feria a pele no solo áspero. Ajeitou o chapéu sobre a cabeça. Fechar os olhos o fazia retroceder ao gorgolejar que jorrava insano por margens lamacentas. Eram memórias ainda muito vívidas para serem ignoradas. Estivera mergulhado, quase afogado num maremoto. Despertara, isso que importava.

Olhou os abutres. Estavam por todos os lugares. Vasculhavam a planície atrás de refeição. Tinham o caçador. Parece que também estavam de olho nele. Mas não lhes daria essa satisfação. Sobrevivera ao esquecimento, nada mais o derrotaria.

Afrouxou as rédeas. Permitiu ao cavalo fazer o trajeto que preferisse. Não sabia para onde ir, qualquer ponto lhe serviria. Talvez estivesse acostumado a fazer um caminho constante. Talvez conhecesse a região. Talvez estivesse com sede e soubesse onde encontrar água. Talvez o levasse até a civilização. Não pretendia permanecer no deserto pelo resto da vida. Já perdera muito tempo na caverna.

Os olhos semicerrados enquanto se fazia aquelas perguntas. A questão do Colt lhe chamou a atenção. Saiu da preguiça e sacou a arma, observou-a de perto, tentou achar algo que não tivesse visto antes. Não havia nada até abrir o tambor para tirar o cartucho deflagrado e notar que todos os seis cartuchos estavam com os respectivos projéteis. Era impossível, havia feito um disparo, o tiro ecoara pela planície. A bala disparada encontrou o alvo. Um homem estava morto, comprovando o feito. Queria saber o que o teria matado, então, se nada saíra do cano do Colt.

Uma estranha sensação de sede sem ter sede o perturbou. Não se lembrava de ter levantado o cão para disparar. Sem levantá-lo, o disparo não poderia ser feito. Mas não o levantara. O cão levantara sozinho. Escutara o estalido. A arma passou a pesar toneladas. Ou estava tendo alucinações. Cheirou o cano. Pólvora queimada. Isso era sinal claro de que fizera um disparo. A arma brilhava sob o sol. Nenhum risco, nenhuma marca.

Voltou a arma ao coldre, a cabeça dando voltas em meio a uma enxurrada de perguntas sem respostas. Mais um monte para se juntar às que trouxera da caverna.

O cavalo parou, bufando. Agarrou as rédeas, firmou-se sobre o seu dorso e prestou atenção no declive que havia adiante. A planície se reclinava num vale. No meio dele um estabelecimento. Diante deste dois cochos. Três cavalos presos. Arrepiou-se. De antecipação. Cofiou a barba longa e grudenta e sorriu. Imaginou um banho quente.

O animal iniciou a descida, manso e satisfeito.

Capítulo 3

Você não é o Harvey.

O cavalo foi se achegando ao cocho e afundou a boca na água barrenta. Ele desceu levando consigo as botas. Uma placa escrita *Finnegan* se encontrava meio torta acima do parapeito, onde um segundo andar exibia madeira velha e ressecada. Janelas discretas, todas fechadas.

Uma construção perdida em meio ao nada. Depauperada por condições extremas. Sabia muito bem onde se encontrava. Nada até este momento lhe havia sido esclarecido. Mas o prédio, o cocho, o segundo andar... Eram-lhe tão familiares.

Uma porta de vai-e-vem permitiu-lhe a passagem num rangido suave. Do calor abrasante para um ambiente relativamente fresco. Dava para sentir uma leve umidade dentro. Seis mesas redondas. Duas ou três cadeiras orlando cada uma delas. Um lustre simples pendurado no teto. Lugar para dezoito velas médias. Numa das extremidades uma pilha de peles de búfalo. Era um Posto de Trocas. Um balcão largo sustentava uma dúzia de garrafas de bourbon. Atrás dele um homem de barba rala, rosto redondo, olhos negros e penetrantes. Olhava-o, assim como os outros dois homens que bebiam.

Estabeleceram-se segundos de indecisão e incertezas. Não fazia ideia de como agir ou do que falar. Os outros pareciam viver um dilema semelhante. Por fim, aproximou-se do balcão. Os homens se afastaram para os lados.

– Tenho algumas peles de búfalo no cavalo – olhavam-no com repugnância – Preciso de um bom banho, uma navalha para fazer a barba e uma tesoura para o cabelo e as unhas.

– Aqui não é uma hospedaria – o homem atrás do balcão não foi educado.

– As peles devem pagar. Não precisa dar o troco. – Isso pareceu amolecê-lo um pouco.

– Maryanne! – Chamou o proprietário. Dos fundos do posto surgiu uma mulher de longos cabelos negros. Um rosto forte e delicado. Modos firmes e suaves. Era uma figura paradoxal. Bela. – Você ouviu o que esse... homem pediu. Providencie.

Maryanne se afastou, indo em direção a uma escadaria. Foi atrás dela. Seguiu-a até o andar superior. Ela o levou a um quarto de banho. Uma tina redonda se encontrava bem no meio. Vazia. Um cano saía da parede e a extremidade apontava para seu centro.

– Vou trazer a navalha e a tesoura – deu uma boa olhada no maltrapilho antes de completar. – E um espelho também.

– Está vazia – comentou.

Ela foi até a parede. Havia lá uma espécie de alavanca que abaixou. Um zumbido encheu o ar, alguns estalos distantes e logo começou a sair água. E quente. Quando Maryanne retornou a tina já estava cheia. O homem estava mergulhado, sentindo o corpo reagir ao contato relaxante. Ela deixou os petrechos ali e saiu sem palavras. O homem se encarou no espelho cheio de manchas... Ficou espantado com o que viu.

Foi envolvido por uma bruma. Afundou mais uma vez na correnteza. Sentiu o corpo arrastado, pernas e braços relaxados. Os olhos abertos fitavam o nada. Era diferente naquele momento. Não estava apavorado, nem temia pela vida. Não gritava silenciosamente, nem bramia em busca de ar. Era um afundar quente e reconfortante.

Cenários fragmentados iam se sucedendo diante dos seus olhos. Via um homem e sua arma. Via pessoas, todas desconhecidas. Homens, mulheres e crianças. E via situações. Nenhuma que pudesse entender.

E a correnteza continuava carregando-o. Um cavalo. Vastos campos verdes. Cabras. Colinas indevassáveis, sol forte e inclemente, noites frias. Tiros, gritos e morte.

Acordou num sobressalto, mergulhado na água morna. Fitava, hipnotizado, a alavanca. Mas o olhar atravessava as paredes e buscava fixar as poucas imagens que o ligeiro desfalecimento despertara. Eram lembranças. Mas não sabia de quando.

Buscou o pedaço de sabão que jazia ao lado da navalha e da tesoura. Esfregou-se com força, como se tentasse arrancar um punhado de pecados inconfessáveis. As poucas imagens que conseguiu manter ainda lhe permaneciam acesas na mente. Tiros, gritos e morte. Temia que tivesse sido arauto de desgraças. Banido na caverna ou recluso por vontade própria. Mergulhado numa catatonia profunda...

Largou o sabão e pegou a tesoura. Cachos do cabelo iam caindo. Mechas inteiras. O mesmo com a barba. Depois empunhou a navalha e completou o serviço. Nem barba, nem cabelo. Ficou na água até que ela esfriasse. Foi sentindo a mudança gradual de temperatura.

Saiu da tina e se pôs a cortar as unhas. As dos pés estavam bizarras. As da mão nem tanto. Cresceram, mas não o suficiente para atrapalhar os movimentos nem a empunhadura do Colt.

Caminhou até a parede onde estava a alavanca. Observou-a com atenção. Despejara água na exata quantidade que suportava a tina. Era um assombro. Por curiosidade a ergueu. Houve um ronco grave, um matraquear metálico. A água da tina saía por um buraco no fundo que nem reparara existir. Lá se foram todas as impurezas. Talvez os crimes, se os possuísse. Matou o caçador de búfalos. Era um deles... E recente. Quantos mais teria cometido sem que sua consciência fosse sequer arranhada? Procurou o Colt com os olhos. Estava sobre a roupa, numa cadeira próxima.

Vestiu-se. As botas serviram. Olhou-se no espelho e se admirou com a espetacular mudança. Estava irreconhecível. Era um novo homem. Enfiou o Colt no coldre, ajeitou a camisa, sorriu e, pela primeira vez, sentiu vontade de beber alguma coisa... E bem forte.

Sorria quando chegou ao meio da escadaria. Ao fim dela estava o proprietário do Posto de Trocas. Finnegan era o seu nome. Nas mãos um rifle apontado para seu peito. Os outros homens continuavam diante dos copos, mas as armas estavam sacadas. Repousavam sobre o balcão. Os copos de bourbon estavam pela metade.

– Você não é o Harvey! – cuspiu Finnegan.

– Harvey? – perguntou sem esconder a curiosidade. Não sabia mesmo quem era o sujeito.

– O dono do cavalo lá fora.

Aí tudo começou a fazer sentido. O tal caçador de búfalos que matara era o tal Harvey. Devia ter calculado que o cavalo o levaria para um lugar conhecido. E para próximo de caras conhecidos do dito cujo.

– Era amigo, é? – perguntou, desfazendo o sorriso, antecipando problemas e se regozijando com isso.

– E dos bons – retrucou Finnegan.

– Ele está na correnteza.

– Ele está o quê? – Finnegan pareceu confuso – Você é uma espécie de maluco, é?

Não estava certo do que havia dito. Nem podia explicar o que a correnteza, qualquer uma, tinha a ver com mortes e mortos. Mas as palavras saíram-lhe da boca com naturalidade. A mesma naturalidade com que sacara e atirara em Harvey.

– Não quero confusão – disse, contradizendo sua vontade mais profunda. O olhar varreu o ambiente numa fração de segundos. Três homens armados com a atenção nele. Um deles pronto para puxar o gatilho. O que seria feito a qualquer instante.

– Só quero beber alguma coisa e ir embora – intimamente imaginava que faria exatamente isso. Mas sem testemunhas para vê-lo partir.

Então sacou o Colt.

O rifle nas mãos de Finnegan nem chegou a disparar. O Colt foi derramando balas em sucessão espantosa. A mão apontava para todos os lados e o gatilho ia sendo puxado. A fumaça e o cheiro de pólvora encheram o Posto. Foram três balaços no Finnegan. Primeiro um, depois outro no segundo homem e outro no terceiro.

Completou com mais dois quando reparou que ele não havia caído. Continuava de pé, embora meio fora de si, tremendo todo, ainda com o rifle nas mãos.

Das três balas, duas foram na cabeça. A segunda e a terceira. A primeira encheu-lhe o peito. Os homens no balcão ainda sorriam. Os olhos esgazeados. As cabeças furadas, ambas na mesma altura, entre os olhos, assim como com o tal Harvey. Derramaram-se no chão, desaparecendo atrás do balcão.

Finnegan zunia. Seus olhos reviravam. O rifle caíra. Ele cambaleava para um lado, depois para outro. Estranho e incompreensível. Apontou mais uma vez. Num dos olhos. Era para ser o derradeiro. O que põe fim à conversa. Mas foi interrompido antes do disparo. Maryanne apareceu de algum lugar e, num grito, atirou-se sobre suas costas.

Foi como ser atingido por uma rocha. A mulher pesava bem mais do que fazia supor a bela figura. Desceu o que restava da escadaria, carregando-a sobre si, seus braços apertando-o num abraço sufocante. Chocaram-se contra Finnegan.

Caíram todos. Tentou se livrar, mas era como estar sendo esmagado pelo abraço de um urso. Nem titubeou. Apontou o Colt para trás, bem junto ao pescoço e disparou duas vezes. Ignorava que não deveria ter mais que uma bala disponível na câmara. Mas saíram duas. E ambas fizeram a cabeça chacoalhar o suficiente para livrá-lo do aperto. Rastejou para longe dela, levantou-se e ficou observando Finnegan e a mulher soltando parafusos no chão. Era desconcertante.

Aproximou-se de ambos. O Colt bem apontado. Chutou Finnegan uma vez. Era pesadão. Cutucou a mulher. Ela idem. Não sabia o que eram os dois. Tinham fios soltos. Partes metálicas. Balbuciavam coisas sem sentido. Não sabia se coisas como essas podiam ser mortas. Não eram humanos. Não eram mesmo.

Voltou a atenção aos dois homens caídos. Eram aparentemente normais. Sangraram, deixando uma poça grande no chão. Os copos de bourbon sobre o balcão. Seus olhos lacrimejaram, mas bebeu o que havia neles e ainda o que sobrava numa das garrafas. Arrotou, enfiando o Colt no coldre, não sem antes abrir o tambor e verificar que estava carregado. Como se não tivesse disparado nenhuma bala.

Saiu do Posto e deu de cara com um garoto. Olhos esbugalhados. Olhando-o como se estivesse diante de uma aparição. Não sabia há quanto tempo estava lá, vendo tudo, assistindo a tudo. Ponderou se devia matá-lo também. Não fez isso.

– Que gente é aquela? – Perguntou indicando o Posto com o queixo.

O menino permaneceu mudo.

– Quem é você?

O menino piscou os olhos, rápido.

– Ajudante. Fico nas máquinas.

– Maquinas?

Parou de piscar e olhou para o Colt. Absorto pelo brilho do metal.

– Pra que lado encontro a cidade?

– Siga para Leste na direção das colinas. Downtown fica depois da Garganta do Enlouquecido.

Montou, esporeando o cavalo, que saltou para frente seguindo na direção das colinas que nem estavam tão longe. O bourbon ainda lhe queimando a garganta.

Capítulo 4

Foi rápido. Muito rápido.

Estava quente lá dentro. O poço se encontrava coberto por uma tampa e o cano de captação entrava por um orifício justo, indo até lá embaixo, dentro da água. A pilha de lenha precisava ser aumentada logo se queriam que o engenho funcionasse por mais alguns dias. Banhos quentes tinham custos. O vapor movia as engrenagens. A bomba tinha força suficiente para puxar a água e levá-la até a sala de banho. Precisariam de azeite também para a lubrificação das partes. Correias novas eventualmente.

John Doe pegou mais achas e as jogou dentro da fornalha. Maryanne o avisara da presença de um forasteiro no posto e que esse pedira um banho. Não foi necessária muita preparação, já que aguardavam a chegada de Harvey.

Trabalhava no Posto desde que se conhecia por gente, servindo ao Finnegan. Quase sempre fazendo mover as engrenagens que levavam água quente à casa de banho. Vez ou outra escovando cavalos.

Maryanne, sua mãe, possuía uma espécie de força especial que não a deixava se cansar, nem durante as tarefas mais difíceis. Invejava-a nisso. Invejava isso também em Finnegan, embora preferisse não ter as mesmas qualidades. Pelo menos não da forma como as possuíam. Finnegan era o tipo do cara que podia viver para sempre. Maryanne idem.

Viver para sempre não era uma ideia agradável.

Nasceu nas cercanias de Downtown havia doze anos. Sua mãe o parira num estábulo, fora da cidade. Fora melhor assim. Alguns boatos falavam sobre caçadores de crianças. Que andavam a espreita, procurando-as para roubá-las. Se sua mãe recebesse uma boa proposta o venderia, mas de graça jamais!

Ela vivia de pequenos biscates e sexo rápido. Ganhava alguns trocados. O suficiente para mantê-los com pão velho e feijão com toucinho. Do pai nunca soubera. Nem a mãe sabia quem era, embora tivesse uma leve desconfiança sobre seis ou sete candidatos prováveis.

Não tivera uma infância muito boa. Precisou se virar sozinho ainda pequeno. Incursionava durante a noite, oculto pelas sombras. Pequenos furtos, alguns biscates assim como a mãe os fazia, até que Finnegan se afeiçoou por ele. Viu-o durante uma incursão atrás de alguma vantagem. Na ocasião mirava um velho bêbado cuja carteira pendia de um dos bolsos. Foi retido antes do bote. Finnegan e mais dois homens, um deles Harvey, passavam pelo local. Na ocasião estava certo de ter sido pego por um dos caçadores. Contava com seis anos de idade. Um pirralho esperto. Ágil como uma raposa.

Finnegan levou-o para o Posto de Trocas, assim como à mãe. Na época foi sozinho, uma vez que ela fora enviada para Uptown para alguns melhoramentos. Ouviu comentários sobre estar na idade ideal para ser enviado para Uptown, mas que, todavia, pretendiam mantê-lo a salvo.

Ela chegou cerca de dois meses mais tarde. Percebeu logo que havia mudado bastante. Estava mais resoluta. Firme. Tinha uma disposição inabalável. Uma força extraordinária que o surpreendeu e uma juventude que não mais deveria possuir. Era como se tivesse rejuvenescido um montão de anos.

Só mais tarde começou a desconfiar que houvesse algo anormal com ela. Foi envelhecendo, os anos foram passando. Mas ela e Finnegan pareciam sempre os mesmos. Nem uma ruga, por menor que seja. Nada que os fizesse parecer mais velhos. Maryanne, além de ajudante geral, também servia sexualmente a quem pudesse pagar pelos seus atrativos. Harvey servia-se dela regularmente, ele era da casa, membro da "família".

Existiam caras que entravam no quarto para transar com Maryanne e saíam de lá em pedaços. Literalmente. Não era incomum ver tirarem o sujeito em duas partes, cortado ao meio. Escutava rirem e comentarem o poderoso gancho de pernas que Maryanne possuía.

Nenhuma força humana seria capaz de algo parecido. Perguntou à ela, claro que sim. Mas respondia com resmungos. Mandava-o para o galpão empilhar lenha ou alimentar a fornalha. Com Finnegan era a mesma coisa. Quantas vezes o vira metido em rusgas com viajantes fortuitos. Encrencas que muitas vezes provocava só para dar cores diferentes à rotina em que viviam.

Vira-o trocar balaços em duelos mortais. Admirava a velocidade com que sacava o revólver, mas mesmo assim o vira ser atingido muitas vezes. Nunca ficara ferido. Nunca derramara uma só gota de sangue. Isso era mais que admirável, era impossível! Também quando mandava os vagabundos pelos ares, lançando-os pelos fundilhos porta a fora. Iam cair muitos metros adiante. A impressão que dava era de que brincava de arremessar pedras num lago.

Sua compreensão sobre os dois só se estabeleceu quando ouviu Harvey comentando que tanto um quanto o outro eram simbiontes mecânicos. Não sabia o que era isso, mas Harvey fez o favor de explicar. Finnegan era 70% mecânico e a mãe 50%. Faziam isso para dar a alguns uma sobrevida que jamais teriam se fossem humanos comuns. E, quando sua importância para a manutenção de poder era vital. Esses melhoramentos eram realizados em Uptown.

Saíram de Downtown logo na manhã seguinte e seguiram para a planície onde o Posto de Trocas estava estabelecido. Foi uma espécie de alteração de turno, já que o proprietário anterior fora assassinado. Finnegan assumiria o Posto e se encarregaria de continuar enviando para Uptown as partidas de peles de búfalo que fossem sendo compradas. Nada contra um pouco de lucro pessoal, vendendo bebidas aos viajantes e outras regalias quaisquer, questão onde sua mãe, Maryanne, tinha parte importante.

Quando Maryanne disse que um forasteiro havia chegado e queria um banho, não estranhou. As visitas de forasteiros, se não eram frequentes, também não eram raras. Se viesse com dinheiro, seria tratado mal. Se viesse sem, seria morto. Ver Finnegan aplicando uma ou outra forma de tratamento era sempre uma diversão.

Assim, garantiu que o engenho funcionasse corretamente, servindo água quente para o estranho e foi dar uma espiadela lá na frente, ver se havia alguma novidade. Quando chegou, deu de cara com o Finnegan e mais dois mineiros, que apareciam lá de vez em quando. Olhavam para o cavalo do Harvey. Era do Harvey, claro. Ficou surpreso em saber que chegara e ninguém dissera nada. Só tinham uma casa de banho e imaginou o forasteiro, com dinheiro ou sem, sendo jogado, nu, porta a fora. Harvey jamais ficaria esperando que um vagabundo ocupasse o espaço e tempo dele dentro da banheira.

Mas a expressão de Finnegan era diferente da que faria ao ver o cavalo do Harvey. Parecia incrédulo e furioso. Rodeava o animal como que para ter certeza de que era mesmo a montaria do amigo. Levantava o rabo (não sabia o que procurava lá), mexia na crina, apalpava o traseiro, olhava a boca e os olhos... Nada necessário se apenas prestasse atenção na marca de engrenagem que havia na anca do animal, coisa que decerto fizera no primeiro momento.

Achou tudo tão bizarro que decidiu permanecer lá mesmo para ver no que ia dar. Não demorou a Finnegan dar um grito de raiva. Foi quando entendeu o que acontecera. Tinha só doze anos, mas era esperto. O forasteiro que estava mergulhado na tina, aproveitando o melhor que o Posto de Trocas podia oferecer, viera no cavalo. De duas, uma: ou o roubara em surdina, enganando o Harvey que não era nada bobo, ou o matara. A segunda possibilidade era menos remota. Harvey não era o tipo do cara que entregaria o cavalo facilmente para qualquer um.

Imaginá-lo morto o perturbou bastante. Jamais tivera uma figura paterna em quem pudesse se espelhar. Finnegan era um boçal, um idiota eficaz e mortífero. Harvey era humano. Ele o olhava com olhos humanos. Falava consigo com voz e jeito humanos. Tratava-o com dignidade. Não era pai. Mas era a coisa mais próxima disso que tivera na vida. Ficou imediatamente com raiva do forasteiro. Não, ódio era a palavra certa. Não havia coisa que mais quisesse naquele momento que ver o dito cujo morto. E ia ver, sabia disso.

Finnegan entrou no Posto e foi direto para detrás do balcão de onde tirou o rifle. Aquela arma matara mais gente desde que fora fabricada do que todas as armas de Downtown juntas. Jamais errara um disparo. Finnegan era perito atirador. Era mais rápido que o mais rápido dos pistoleiros. Estava preparado para ver o forasteiro ser dividido ao meio por uma saraivada de balas.

Fantasias... Imaginou o forasteiro descendo as escadas e um monte das suas tripas indo parar no final do corredor. Imaginou as pernas descendo, degrau por degrau, mas sem um tronco para sustentar. Imaginou a cabeça explodindo, deixando apenas os olhos, esbugalhados, presos em fiapos de pele e ossos. Viu todos lá embaixo rindo às gargalhadas ao mesmo tempo em que rilhavam os dentes por saberem que Harvey estava morto.

Os dois homens sacaram os revólveres e os colocaram sobre o balcão, ao lado das bebidas. Finnegan riu-se dessa iniciativa, zombando da necessidade que poderia ter da ajuda dos pobres coitados que, decerto, não ignoravam sua natureza sobre-humana.

E viu, finalmente, o homem chegar ao topo da escadaria. Havia construído uma imagem completamente diferente dele. Pensou num cara barbado, jeito de mau e velho, bem velho (como todos vindos de Downtown). Mas o sujeito era-lhe familiar de uma forma que não soube definir.

Viu um homem alto e magrelo, rosto liso. As roupas não lhe serviam. Calças e camisa folgadas e curtas. O chapéu afundado na cabeça. As botas dançando nos pés. Ridículo e estranho. Tez branca como cal, olhos pequenos, fundos e negros. Nariz fino e longo. Lábios finos, quase uma rachadura no rosto encovado. Mãos com dedos longos e ossudos. Um cinturão, e nele um revólver.

Era tudo do Harvey, menos o revólver, reconheceu. O forasteiro roubara não só o cavalo, mas as roupas também. Isso era tão estranho que não lhe entrava na cabeça. Ignorava por que alguém ia roubar roupas de outro alguém se já devia ter as próprias. A ousadia o deixou pasmo e implorou entredentes que Finnegan puxasse logo o gatilho. Queria ver o sangue, a carne e os ossos do filho da puta espalhados pelo andar superior.

Mas Finnegan, o grande Finnegan, resolveu conversar antes disso. Resolveu dizer o óbvio: que o forasteiro não era o Harvey. Isso todos já sabiam. Permitiu ao visitante falar bobagens; deixou o cara pensar. Aquela era a pior coisa a se fazer. Alguém que tem tempo para pensar constrói alternativas de fuga. Já vira Finnegan fazer isso antes. Muitas outras vezes, pra falar a verdade. Por conta disso já o vira levar alguns tiros. Mas nenhum que tivesse ultrapassado a couraça que parecia vestir dentro do peito.

Quando o forasteiro sacou a arma, pensou que era chegado o momento que tanto esperava. De certa maneira fora assim mesmo. Mas não como previra. Foi rápido, muito rápido. O cara sacou o Colt com uma velocidade assustadora. Nunca vira Finnegan sacar assim e nunca o vira enfrentar alguém que sacasse assim. Não se passaram mais que dois segundos. Em dois segundos ouviu cinco disparos. Cinco explosões tão juntas que pareciam todas uma explosão só. Os dois caras diante do balcão morreram sem saber o que acontecera. Finnegan levou três balaços. Pela primeira vez na vida o viu tremelicando. Balançava o rifle como se estivesse com maleita.

Estava bobo. Pasmo. Congelado diante da janela, sem saber o que fazer. Para ele estava tudo acabado. O cara ainda apontou mais uma vez para o Finnegan. Seria o tiro de misericórdia. Mas aí apareceu Maryanne. Veio por trás do forasteiro, saltou-lhe nas costas, agarrando-se a ele com força. O abraçando de um jeito que, pensou, fosse rasgá-lo ao meio. O forasteiro cambaleou na escadaria, desceu os degraus em trambolhão e foi trombar com o Finnegan. Caíram todos num ângulo fora de sua visão. Ouviu mais dois tiros, depois do que o forasteiro se levantou.

Onde estava Maryanne, perguntou-se. A mulher transformada em Uptown que destroçava vagabundos, que os rasgava em tiras com uma força descomunal. Vencida por um forasteiro desconhecido, com dois tiros. Recebidos antes que pudesse fazer qualquer coisa mais efetiva para vencê-lo. Estava boquiaberto.

O homem caminhou até o balcão, bebeu os dois copos de bourbon, mais o que encontrou na garrafa e saiu do Posto. Passou por ele que ainda estava na janela, tentando desgrudar o corpo da madeira quente. Estava em choque. Viu-lhe a cara. Olhos vazios e frios. A expressão ausente. Era como se houvesse mais alguém ali, dentro dele, conduzindo-lhe os passos. Foi uma impressão tão forte que o assustou. Mas aí o olhar lúgubre se desanuviou. E o forasteiro lhe pareceu humano, afinal.

Perguntou-lhe alguma coisa. Não o ouviu, embora estivesse olhando para seu rosto. Depois olhou para o Colt. Alguma coisa estava errada e não sabia o quê. O forasteiro queria ir para a cidade. Ele indicou as colinas e a Garganta do Enlouquecido. Uma besteira, claro. De que outro lugar teria vindo, perguntou-se. De Middletown? De Uptown (estremeceu com a possibilidade)? Assim que montou e saiu, voltou-se para a entrada do Posto. Engoliu em seco e se dirigiu para lá.

Uma poça de sangue logo na entrada. Os dois homens, caídos. As testas perfuradas milimetricamente. Bem entre os olhos. Mas não eram eles que o interessavam. Foi logo na direção do Finnegan e da mãe. Estavam embolados no chão. Finnegan ainda tremelicava. A mãe estava imóvel. A cabeça estourada. Duas balas na testa, a nuca explodida. Agachou-se diante dos dois. Estava perplexo. Não havia mais raiva. Só espanto. Tateou o Finnegan. Era uma curiosidade há muito alimentada. Ele era estranho, assim como Maryanne depois que viera de Uptown. Abriu a sua camisa. Havia uma marca de bala no peito. A pele rasgada, um pouco de sangue ou alguma coisa parecida. Por debaixo uma placa metálica. Afastou a pele um pouco, o suficiente para ver o brilho embaciado do metal. Um orifício, indicando onde a bala o atingira.

Passou a entender melhor porque Finnegan nunca tombava quando era atingido. Não era humano. Era um... Era o... Era uma coisa para a qual não tinha nome. Idem para a mãe. Mas a cabeça de ferro não segurara os disparos. O metal retorcido para dentro na entrada e para fora na saída. Não eram miolos as coisas espalhadas pelo chão: eram fios, óleo e rodas dentadas.

Estava órfão. Mas não se entristeceu. Era órfão desde que Finnegan os resgatara em Downtown. Desde que enviara a mãe para Uptown. Para um melhoramento, como disseram à época. Na verdade sempre estivera órfão. Maryanne nunca fora uma mãe de verdade.

Levantou-se, indeciso. Nada mais o prendia àquele lugar. Não sabia para onde iria, nem se voltaria a cometer pequenos delitos. Bater carteiras, talvez. Enfiou a mão no bolso do Finnegan (coisa que jamais ousaria fazer em outra situação) e tirou de lá um maço de notas. O suficiente para mantê-lo por algumas semanas.

Saiu do Posto e olhou na direção das colinas. Lá onde estava a Garganta do Enlouquecido. Pensou no homem que fizera todo o estrago e se deu conta do que estava errado. Do que o incomodara desde o tiroteio. Foram dados sete tiros. Todos numa mão só, sem o uso da outra para levantar o cão. Sete tiros? Um Colt dava seis tiros. Só. E precisava erguer o cão. Sempre.

Quem era o homem e que arma era aquela era a pergunta que passou a incomodá-lo. Ia para Downtown. Atrás do forasteiro.

Queria conhecer melhor o homem e a sua arma.

Capítulo 5

Dentes quebrados.

Os olhos estavam fixos lá nas colinas. Aproximava-se pouco a pouco. Imóvel sobre o cavalo que trotava na direção da Garganta do Enlouquecido. A goela ainda ardia. A bebida era forte. Fora como um trago de lucidez depois do tiroteio. Viu diante de si o homem com o rifle nas mãos. O dedo indicador pressionando o gatilho. Um quase nada para disparar a arma e acertá-lo em cheio.

Aí veio a correnteza. E com ela um súbito perder de sentidos. Como se fosse arrancado para outros lugares, distantes e sombrios. Mas se lembrava do ocorrido, como se tivesse assistido a tudo de um ponto distante, sem participação direta. Como se olhasse a cena detrás de uma janela. Com o coração aos pulos, os nervos à flor da pele, emoções em polvorosa.

Um homem estranho disparando repetidas vezes em direções diferentes, atingindo os alvos sem erro.

Olhou para cima e observou os abutres. Eram muitos. Depois das colinas, dissera o menino. Estivera em tão poucos lugares e já matara cinco pessoas. Dois deles estranhos e incompreensíveis. Para alguém que acordara numa caverna, enterrado lá por muito tempo, a agitação vinha sendo grande. Fatos se sucedendo numa velocidade vertiginosa.

"Downtown".

O nome lhe veio à mente num impulso. Era o nome da cidade para a qual se dirigia. Jamais estivera nela. Não que se lembrasse. Na verdade não se lembrava de nada. Acordar na caverna era a recordação mais distante e não estava mais que dois dias no passado. Mas

Downtown ficava após a Garganta do Enlouquecido. Sim. E era uma cidade triste. Também soube disso num impulso. A sensação de estar ainda numa correnteza insana, sendo jogado para lá e para cá sem destino era constante. Rasgos de memória iam sendo despejados sem que fizesse nada para evocá-los.

Voltou a atenção ao caminho e às colinas. O quanto estavam próximas. Conseguiu divisar uma espécie de abertura entre elas. A Garganta, com certeza. O céu azul acima e além. Para depois delas um segundo destino.

Não agiu por gosto próprio. Não puxou o gatilho, disparando o projétil que atingira o dito Harvey, por querer ou por necessidade consciente. O fizera porque alguma coisa dissera-lhe que tinha que ser feito. Porque a correnteza o forçava a isso. Mas estaria falseando se dissesse que isso o afetava ou perturbava mais que um tantinho. Matar não lhe causava nenhum pesar.

O Colt no coldre. Impecável. Lustroso. Câmaras cheias apesar de todos os disparos já efetuados. Isso era magia. Não lhe ocorria outra explicação. Mas nem pensava em se livrar da arma. Só o pensamento o angustiava. Aquele Colt era seu. Só seu. Por tudo o que representava e também por todos os perigos dos quais poderia poupá-lo (e os que poderia trazer-lhe). Uma espécie de salvo conduto. Um passaporte com poderes extras. Era apenas um homem. O Colt o transformava em algo mais forte, algo mais contundente.

Parou diante da Garganta. Um serpentear por entre altas escarpas. Uma passagem com não mais que dez metros de largura. Um excelente local para uma emboscada. Olhou para cima, para além das rochas mais próximas. Viu o céu. A fronteira entre pedra e firmamento.

O caminho seguia fazendo suaves curvas. Impossível divisar o outro lado, o final do corredor sinuoso. Restava seguir pelo tempo que fosse necessário. Tentou trazer à memória alguma coisa referente à Garganta, mas nada lhe foi esclarecido.

Temeu desabamentos e bloqueios. Nada disso aconteceu. Numa curva à direita, deparou-se com o final da passagem. Ela se abria para uma planície extensa. Nada a não ser terreno pedregoso e desolado. Ao longe, lá onde a vista podia alcançar, uma construção. Uma casa. Talvez um rancho. Uma morada perdida em meio ao nada. Não entendeu. Devia ter Downtown à vista. Mas a cidade para a qual se dirigia ou fora tragada pelas profundezas ou jamais existira.

A verdade surgiu alguns minutos depois. A construção para a qual se dirigia era o Posto de Trocas. Estancou com o cavalo. Assustado. Olhou para trás e lá estava a Garganta do Enlouquecido. Deu meia volta. Parou à entrada. Respirou fundo e voltou-se para trás, só para ter certeza de que era mesmo o Posto de Trocas. De que voltara ao ponto de partida.

Gostaria de entender o que ocorrera. Quando e em que momento da travessia dera uma meia volta. As perguntas que fazia a si mesmo o inquietavam. Não havia bifurcações e curvas abundavam. Riu baixinho. Havia voltado ao ponto inicial. Era um idiota. Um palerma. Balançou a cabeça e retomou o caminho. Com bastante atenção desta vez, para não ser pego em erro semelhante.

Longos minutos depois e lá estava diante do Posto de Trocas de novo. Apalermado como não poderia deixar de ser. Ficou imóvel por um longo período, tentando raciocinar, entender o que lhe sucedera.

Não sabia onde encontrar as respostas. Insistiu na travessia. A atenção redobrada. Olhos fixos no caminho, nas pedras, nas escarpas. Tentando ver o que não vira antes. Seguiu curvas à direita e à esquerda. Passou apertado por trechos estreitos. E então fez o cavalo parar de chofre. Diante dele um sinal de que algo estranho de fato acontecia. As marcas deixadas pelo cavalo desapareciam num determinado ponto. O caminho à frente estava limpo, como se por ali ninguém jamais tivesse passado um dia. Com cautela fez o cavalo avançar e, súbito, as marcas retornaram. As seguiu cauteloso até voltar ao ponto de partida.

A correnteza vibrou dentro dele e então sorriu. Um sorriso de satisfação. Não era à toa que a chamavam de Garganta do Enlouquecido.

Quem não enlouqueceria passando por ali a primeira vez e, destituído de razão e raciocínio, não ficasse preso ao ir e vir eternos? – perguntou-se

Deu meia volta e acelerou o trote. Tinha pressa já que perdera tempo demasiado naquela marcha maluca. Assim que chegou ao ponto onde as marcas desapareciam, deu outra meia volta. Retornou, por um caminho ainda intacto, sem marcas de passagem. Era um espelho. Um espelho que conduzia e reconduzia.

Talvez fosse a atmosfera opressiva provocada pelo calor excessivo, talvez o angustiante despertar na caverna ou talvez a trajetória repleta de tiros e mortes desde que iniciara a caminhada. Fosse o que fosse, a impressão de estar entrando numa cidade fantasma era enorme.

Não mais que três ou quatro ruas, orladas por casas comerciais e residenciais, sem muita organização. Um portal ostentando uma caveira de bisão logo na entrada, e uma placa indicando um número de moradores próximo de um milhar. As pessoas que passavam não exibiam expressão. Não que ele estivesse melhor. Não sorria no momento, nem encontrava motivos para isso. Mas a população parecia exibir uma mesma máscara. Admirou-se por não ver jovens. Só velhos. Velhos e mais velhos. Não lhe parecia que o mais jovem tivesse menos de setenta ou oitenta anos.

Muitos iam e vinham, atarefados, cuidando de afazeres que lhe eram desconhecidos. Havia os agitados, alertas, que faziam questão de mostrar que estavam armados e perigosos, mas mesmo esses pareciam contaminados pelo desamparo geral. A azáfama comum a cidades como aquela, o ir e vir de cavaleiros e carroças não parecia alterar a sensação geral de se estar numa cidade fantasma. Como se, de repente, de um momento para outro, todos fossem desaparecer, deixando apenas construções antigas e roídas pelo tempo.

Diante da cadeia havia o assistente do Xerife, refestelado numa cadeira, alheio a tudo. Um banco, mercearias, ferreiros, telégrafo, carpintaria, saloons, barbearia, escritórios. Placas, escadas, pó em demasia. Uma igreja. O sino no campanário exibia uma imobilidade centenária. Embaixo, homens e mulheres taciturnos. Em cima, no céu, o bailado estranho e constante dos abutres.

Entrou num dos saloons. Balbúrdia. Várias mesas ocupadas onde se realizava jogatina. Cartas e dados. A fumaça de charutos enchia o ar. Empregados nervosos distribuíam pratos de comida.

Ensopados estranhos e com cheiro indefinido. Ninguém pareceu notá-lo. Nas mesas, em todas elas, homens enrugados, peles flácidas, cabelos brancos em demasia ou a ausência total deles, mostrando carecas manchadas pelo sol.

Foi até o balcão, vasculhando os bolsos. Tinha algumas moedas. Jogou-as sobre o balcão e indicou uma garrafa de bourbon. O barman contou-as todas, esticou um copo e o encheu até a boca. Bebeu numa só talagada. O fogo lhe descendo pela garganta. Mais três vezes o copo foi enchido até que as moedas se acabassem. Amaldiçoou o tal Harvey por andar com tão pouco no bolso.

– Preciso de um quarto – disse num tom rouco, de quem não estava acostumado a falar.

– A hospedaria fica a cem metros daqui, subindo a rua. Além do que vai lhe custar, e você não tem – respondeu o barman com a voz arrastada de quem não estava com vontade de falar.

Olhou ao redor. Idosos compenetrados nas mesas, atentos aos jogos, às cartas e às pilhas de dinheiro. Foi numa dessas pilhas que manteve a atenção.

– Entre num jogo. Aposte e ganhe. É a única maneira de arrumar dinheiro aqui. Você não encontrará trabalho em Downtown.

– Que jogo é esse?

– Pôquer – respondeu o barman, com irritação na voz.

– Nunca ouvi falar.

O Barman ergueu as sobrancelhas como se tivesse ouvido a maior piada da vida. Ficou entre rir e manter o espanto. Preferiu manter o espanto.

– Então você está encrencado. Terá que dormir nas ruas.

– Por que são todos tão velhos, aqui?

O barman não o respondeu. Assistiu a alguns jogos. Viu as cartas sendo distribuídas, depois sendo trocadas. Viu os jogadores apostando. Viu homens ganharem e perderem. Viu olhares de raiva e impotência. Viu expressões de felicidade instantânea, para logo depois se perderem no ostracismo.

Aproximou-se de uma mesa e se sentou numa cadeira vazia. Havia três homens. Um deles parecia dominar a jogatina, já que acumulava mais dinheiro que todos.

– Não tenho dinheiro – disse calmamente.

– O que quer então? – perguntou o jogador da direita, bigode grosso, sobrancelhas abundantes e ligadas. Olhar frio.

– Jogar – respondeu.

– Sem dinheiro? O que tem para apostar? – Inquiriu o jogador da esquerda. Um homem franzino com gestos nervosos. Levou então a mão ao coldre e sacou o Colt. Atraiu olhares cobiçosos.

– Uma raridade – comentou.

– Vale uns duzentos – disse o bigodudo.

– Pra mim está bom – respondeu. – Preciso de dinheiro para um quarto.

Todos riram. As cartas foram distribuídas. Cinco delas vieram para ele. As abriu despreocupado. Dois valetes, um oito, um nove e um rei. Vira os homens jogar. Absorveu o que faziam. Mas também sentiu a correnteza vir com toda a força. E com ela, arrastado pelas águas, uma confusão de naipes. Foi como se lhe abrissem a cabeça e despejassem dentro dela todo o conhecimento que precisava para o jogo. As apostas começaram. Os homens apostavam entre si, considerando o Colt como aposta máxima.

Descartou o oito, o nove e o rei. Manteve nas mãos os dois valetes. Recebeu novas cartas e as juntou às que tinha. Fez um bolo e, assim como muitos, foi abrindo uma a uma diante dos olhos. Ficou estarrecido. Só havia um valete. O outro desaparecera. As outras quatro cartas eram ases. Quatro ases. Enquanto estreitava os olhos tentando entender que tipo de magia havia ocorrido, o bigodudo ao lado parecia atônito, sem entender o que tinha nas mãos.

Abriram as cartas. Ele vencera. Incontestável. A melhor mão. Mas o bigodudo não concordava.

– Meus ases! Meus ases desapareceram! E foram parar na mão dele. Ladrão miserá... – O bigodudo não chegou a terminar a frase. O Colt já estava dentro de sua boca, estufando-lhe a glote. Empurrando junto com o cano pedaços dos últimos dois dentes que lhe sobravam, quebrados no choque contra o metal.

– Cla...o que po... o tá enga...ado. A...ho que ne...m ti..ha a..es na mi..ha ...ão.

Juntou com a esquerda o dinheiro que estava na mesa. Retirou o revólver da boca do bigodudo, que cuspiu, sem reclamar, os pedaços dos dentes no chão. Parte do salão estava quieta. Os jogadores o olhavam, entre intimidados e curiosos. Levantou-se e se aproximou do balcão, mostrando o dinheiro para o barman. Pediu uma garrafa. Em seguida foi para a rua. Precisava descansar. Caminhou para a hospedaria, puxando o cavalo pelas rédeas. Estava perplexo por não ter puxado o gatilho. Estourar a cabeça do maldito teria sido interessante.

Sentou-se na borda da cama. O colchão cheio de furos, o lençol manchado. Bebeu um gole do bourbon e sorriu. O rumorejar da correnteza ia diminuindo. Levava junto a amálgama de naipes e cartas para a escuridão.

Tombou o corpo e adormeceu.

Capítulo 6

Ho hóyewayin Wakan Wanagi.

Ho hóyewayin Wakan Wanagi. Ho hóyewayin Wakan Wanagi. Wówakhan. Hé wichúnt'e itóiyohila oyáte, wakhanheza, wínyen, wichá, chéunniciyapi, unkiksuyapi He hé wichúnt'e, ho, hé wichúnt'e wakan, Nithúnkasila chókilapi. A frase estranha seguia interminável. Proferida por mil bocas que transpassavam o tempo e o espaço.

Não havia chão sob os seus pés. Não havia céu sobre a sua cabeça. Apenas um nevoeiro denso que o impedia de enxergar para além de si mesmo. Flutuava. Girava para todos os lados. Não havia correnteza. Foi a primeira coisa que sentiu. A não ser que ela o cobrisse, para além do nevoeiro. Mas não podia ouvir a enxurrada, só Ho hóyewayin *Wakan Wanagi. Wówakhan. Hé wichúnt'e itóiyohila oyáte, wakhanheza, wínyen, wichá, chéunniciyapi, unkiksuyapi He hé wichúnt'e, ho, hé wichúnt'e wakan, Nithúnkasila chókilapi.*

Como um coração bombeando sangue para as artérias. As vozes seguiam um ritmo intenso. Mantinha os olhos fechados. De nada adiantava abri-los já que nada podia ver. Fechá-los abriu-lhe um mundo todo diferente de visões. Não eram apenas vozes. Havia rostos. Muitos deles. Perfilados, bocas abertas, proferindo a estranha oração. Os rostos pintados com cores vivas. Traços e círculos. Olhos estreitos, tez amorenada. Ornamentos com penachos. Vestes de couro e pele. Estavam lá e pareciam segui-lo. Ou orientá-lo. Ou ensiná-lo. Pareciam unidos a ele. Não o obstavam, não o ameaçavam.

Ho hóyewayin Wakan Wanagi. Wówakhan. Hé wichúnt'e itóiyohila oyáte, wakhanheza, wínyen, wichá, chéunniciyapi, unkiksuyapi He hé wichúnt'e, ho, hé wichúnt'e wakan, Nithúnkasila chókilapi.

Nada lhe fazia sentido. Aí parou de girar. O corpo se estabilizou e sentiu o chão sob os seus pés. As folhas curtas e frescas de um gramado o espetavam. Descalço. Pés brancos. Pequeninos capilares azuis os cobriam. Pareciam transparentes. No horizonte, árvores, colinas, céu azul. Atrás dele uma cidade formada por tendas. Todas de cores escuras. Os que cantavam tão estranhamente estavam lá. Olhavam para ele. Reunidos em semicírculo. Pés calçados. Calças compridas, blusas fechadas. Todos pintados. Rostos e vestes. Olhares sérios. Compenetrados. Fitavam-no.

Deu alguns passos trôpegos. Estava inseguro. Seu corpo parecia fraco. Respirou fundo sentindo o ar fresco inundar-lhe os pulmões. Isso lhe deu mais força. Foi na direção deles. Parecia o mais certo a fazer. Quando se aproximou, foi saudado. Ergueram as mãos e cantaram: *Ho hóyewayin Wakan Wanagi...* E então sentiu a correnteza o arrancando dali.

Foi arrastado pelas águas. Não havia nevoeiro. Também não havia a procura desesperada por ar. Mesmo mergulhado, sentia-se pleno como se o seu corpo retirasse o oxigênio que necessitava dali. Era um peixe estranho, com duas pernas e dois braços. Havia nadadeiras no dorso. Mexiam-se vigorosamente tentando manter o controle na enxurrada. Lá fora iam se sucedendo os dias numa frequência vertiginosa. O sol descrevendo sua parábola, nuvens esparsas às vezes, em outras, carregadas. As noites repletas de estrelas. Luares intensos. O tempo se passou até que se agarrou em raízes. Preso a elas foi se arrastando para fora da água. Abria e fechava a boca com desespero tentando sorver o oxigênio que se recusava a penetrar em seus pulmões ainda mal e mal desenvolvidos. Recuou para não perecer.

Até o dia em que conseguiu. Rastejou para fora da água alguns metros. Um mundo novo, sem refrações. Um lugar onde as coisas eram espetacularmente nítidas. As cores eram mais vivas. Não havia resistência, podia se locomover com mais facilidade. Acreditava ter alcançado a liberdade plena quando ouviu um mantra desconhecido: Ho hóyewayin Wakan Wanagi... Foi novamente arrastado pela correnteza.

Era um mundo de rochas altíssimas que pareciam alcançar o céu. As nuvens esbarravam nelas, deixando partes de si pelo caminho. Observava tudo sem entender nada do que via. Vagava, arrastando os pés descalços no solo agressivo. O corpo coberto por peles. Uma lança rudimentar nas mãos.

Era um caçador. Caçava carne para matar a fome. Numa curva empoeirada se deparou com um felino gigantesco. A lança quebrou na primeira estocada. Sentiu os dentes poderosos presos na sua garganta. Experimentaram juntos o gosto do seu sangue.

Ho hóyewayin Wakan Wanagi...

A correnteza o levou antes que a morte o fizesse.

A locomotiva seguia seu curso, devorando os trilhos. A fornalha sendo alimentada com carvão. O vapor fazendo mover as engrenagens. Maquinista e ajudantes, suando em bicas. Lutavam contra o tempo. Precisavam chegar ao destino antes de um horário preestabelecido. Precisavam provar que os trens eram mais rápidos que os cavalos. Que não existiria futuro sem progresso.

Estava sentado num dos vagões. Maravilhava-se com cada metro percorrido. Sentia no corpo a força mecânica desse bólido. A paisagem oferecida na janela suplantava qualquer leitura. Além dele, outras dezenas de passageiros, todos extasiados. Senhoras e senhores de fino trato. Membros da sociedade. Pessoas de honra ilibada. Calculavam todos o tempo que restava até chegar à estação de destino. Relógios de algibeira consultados a todo instante. Estava ali grande parte dos seus investimentos. Eram acionistas da companhia, enxergavam um futuro grandioso para todos e para o país.

Até que um matraquear ensurdecedor irrompeu. O trem parecia chacoalhar, embora as pessoas dentro dele nada demonstrassem nesse sentido. Sentiu-se nauseado, as tripas querendo lhe sair pela boca, a sensação de um mergulho profundo em águas indóceis. Surgiu um clarão intenso, forte como a explosão de mil sóis. Gritou com todas as forças. Ho hóyewayin Wakan Wanagi... A correnteza veio buscá-lo.

Despertou de joelhos, trêmulo e ofegante. As mãos apoiadas no chão. A grama espetando-lhe as palmas. O solo tremia sob o tamborilar de centenas de pés que batiam ritmicamente.

Ho hóyewayin Wakan Wanagi. Wówakhan. Hé wichúnt'e itóiyohila oyáte, wakhanheza, wínyen, wichá, chéunniciyapi, unkiksuyapi He hé wichúnt'e, ho, hé wichúnt'e wakan, Nithúnkasila chókilapi.

Repetiu mentalmente a oração. Depois o fez de forma audível. No começo baixinho, de si para si, depois bradou para que todos o ouvissem. Foi o fim do tamborilar. Ergueu os olhos e viu os indígenas. Porque eram indígenas. Porque resgatara memórias antigas. E viu que eles o olhavam em expectativa. Corpos levemente curvados para frente, braços erguidos, mãos espalmadas. Como se estivessem prestes a se prostrar diante de uma divindade

Olhavam-no pacientes. Endireitou o corpo, sentando-se sobre os calcanhares. Limpou o suor que lhe escorria pela fronte. Engoliu o medo e a dor que ainda o faziam estremecer e repetiu a sentença. Olhando-os nos olhos. Tentando transmitir-lhes a mesma severidade que lhe transmitiam. Pareceram satisfeitos. Abaixaram os braços e sorriram. Foram abrindo espaço, expandindo os arcos do círculo, rodeando-o ao mesmo tempo em que formavam uma clareira no terreno pisoteado. No centro dessa clareira um tapete colorido. Sobre o tapete um Colt 45.

Ele entendeu imediatamente o que teria que fazer. Ergueu-se não sem algum esforço e caminhou para lá. Aproximou-se da arma que reluzia sob o sol. Reconheceu-a de imediato. Era a misteriosa Peacemaker. Agachou-se e a tomou nas mãos. Um choque elétrico poderoso o fez sacudir e gritar. O corpo se retesou. Ergueu o rosto crispado para o céu. A arma apontada para cima, dedos no gatilho.

O disparo o fez abrir os olhos.

Estava deitado de costas na cama do quarto na Hospedaria. Rosto ainda crispado, olhos fixos no teto. Braços erguidos. O Colt bem seguro por ambas as mãos, apontado para cima. Saía fumaça do cano do revólver. Apesar de escuro, salvo a pouca luminosidade que vazava pela janela, vinda da rua, pôde ver o pequeno orifício nas tábuas do teto.

Ergueu-se, sentando na beirada da cama. Viu a garrafa de bourbon tombada. Boa parte do conteúdo perdida, deixando uma mancha escura no tapete vagabundo. Bebeu o restante. Sentiu o líquido forte lhe descer pela garganta, pondo-o imediatamente desperto. Levantou-se e caminhou até a janela. Quase nenhum movimento do lado de fora. Enfiou o Colt no coldre e foi para a porta. Saiu do quarto, procurando as escadas que o levariam ao andar superior. Procurou o quarto que estava acima do dele e abriu a sua porta.

Um castiçal com três velas acesas sobre uma mesa próxima da janela, Uma poltrona de couro gasto num canto. Tapete felpudo. Uma cama larga o bastante para três pessoas. Sobre ela uma mulher nua. Braços e pernas estendidas. Amarrada e amordaçada. O corpo cheio de gotas de parafina. A ponta de uma bengala enfiada na vagina. Os olhos da dama estavam esbugalhados. O rosto tenso. Estava aflita, apavorada. Aos pés da cama o corpo de um homem.

Fechou a porta atrás de si. Aproximou-se da mulher e retirou a mordaça que lhe cobria a boca. Ela deu um brado contido, respirou fundo e começou a choramingar enquanto retorcia o corpo tentando se soltar das amarras. Ele a ajudou, contrafeito. Raciocinava se não teria sido mais inteligente ficar no próprio quarto, sem se intrometer em problemas que não lhe diziam respeito.

Enquanto ela desamarrava as próprias pernas e se livrava da bengala, ele virava o homem para dar uma boa olhada nele. Tinha certa idade. Têmporas cãs. Calvo no meio da cabeça. Bolsas debaixo dos olhos. Lábios finos. Macilento. Uma navalha numa das mãos. Bem vestido. Não era um vagabundo qualquer. Um buraco na testa.

– Ele ia me retalhar, esse maldito filho da mãe – disse a mulher, chutando o morto.

Ela passara da idade para algazarras desse tipo. Corpo forte, de muitas carnes. Seios inchados com auréolas marrons e largas. Pernas grossas cheias de veias azuis. Dentes amarelados, cabelos louros tingidos com algumas mechas acinzentadas. Já havia passado dos setenta anos, com certeza.

Voltou rapidamente a atenção para o homem e enfiou, sem nenhuma cerimônia, o dedo indicador na perfuração que tinha na testa. Cutucou um pouco. Sentiu arestas vivas, partes quentes e oleosas. Não descobriu onde estava o cérebro do infeliz.

– Você é uma puta – constatação, pura e simples. Podia ser um casal de amantes se divertindo à sua maneira, mas havia ali algo de profissional.

– Algum problema com isso? Cada um ganha a vida com o talento que tem.

Levantou-se, dando de ombros, e pegou a bengala sobre a cama. O castão era de prata. Uma roda dentada entalhada no metal. Madeira de lei. Coisa cara.

– Foi você quem deu o tiro? – ela perguntou. Ele abanou a cabeça fazendo um "sim" silencioso.

– Sou a garota mais sortuda do mundo. Um tiro acidental – foi acidental? – e o desgraçado que ia me matar acaba morto. Sabe por onde passou essa bala? Por entre as minhas pernas! Tem ideia do que fez? Você é maluco. Como pôde dar esse tiro? Vocês pensam que sair dando tiros para cima é coisa bonita... Que merda. Mas obrigada assim mesmo.

– Não foi acidental – respondeu. Ela lhe deu um olhar de espanto.

– Você é o cara que enfiou o revólver na boca do Dinger?

– Sou.

– Você tem peito. Tem mesmo. E vai precisar de muito mais. Sabe quem é este aí?

Fez que não com a cabeça. Na verdade nem o interessava.

– Juiz Nolan. De Middletown. Achava que podia mandar em todo mundo. Vinha para cá vez ou outra para se divertir com uma de nós. Machucava as garotas. Gostava de coisas diferentes, sadomasoquistas, nunca matou ninguém, porém. Mas hoje... Nem quero pensar.

O forasteiro se surpreendeu, imaginando se na cidade de idosos as "outras garotas" eram também velharias como ela.

Jogou a bengala no chão, ao lado do corpo. Fez menção de sair, mas foi impedido.

– O que faço com o corpo? Estou fodida se o encontram comigo – ela estava ficando histérica.

Voltou-se para o morto. Avaliou o peso e o ergueu com alguma dificuldade. Era pesado o desvalido, apesar de magro. Foi até a janela e o arremessou para fora. O corpo foi se estatelar na rua, levantando pó. Deixou-a de boca aberta, entre uma frase e outra, e saiu. Foi para o quarto terminar a noite de sono.

Acordou já de manhã com batidas fortes na porta.

Teve uma noite sem sonhos, a não ser o leve marulhar da correnteza que o apascentava. Sentiu-se como um feto agradavelmente protegido no útero materno.

A porta sacudia sob as batidas. Levantou-se sem pressa. Pessoas falavam do lado de fora. Discutiam, questionavam, argumentavam. Ele bem podia adivinhar o que faziam ali. Arrastou os pés até a porta e a destrancou. Ela foi aberta num safanão.

Diante dele o Xerife. Atrás, o Assistente e mais um bando de assistentes. Um monte de velhos que ficariam melhores num asilo do que andando por ali de armas em punho. Todos o olhando como se quisessem despelá-lo. Um olhar sem nenhuma emoção e a mão direita suavemente pousada cobre a coronha do Colt pareceu tê-los refreado. Limitou-se a ficar quieto, embora sentisse ganas de sacar e matar todos aqueles idiotas.

– Ouviram um tiro ontem à noite e disseram que foi dado neste quarto – disse o Xerife, hesitando entre ficar à porta ou entrar. Preferiu ficar onde estava.

– É mesmo? – redarguiu. Os lábios se mexeram de forma quase imperceptível.

– Encontraram o corpo do Juiz Nolan aí em frente, na rua. Um tiro na cabeça.

– É mesmo? – repetiu.

O Xerife e o Assistente começaram a ficar nervosos. A audiência idem.

– Temos uma testemunha que diz que você matou o Juiz. Viemos prendê-lo.

Ele arregalou um pouquinho os olhos. Sorriu com um cantinho da boca.

– É mesmo? – retornou num tom irônico. – E quem é essa testemunha?

Houve indecisão. O Xerife olhou para trás. Os homens olharam para os próprios pés. Pensou na prostituta e se arrependeu de ter se metido onde não era chamado.

– Dinger, o mineiro.

A resposta o surpreendeu. Devia ter estourado a cabeça dele quando tivera oportunidade. Que maldito filho da puta! Pensou, irritado.

– O bigodudo que me chamou de ladrão do jogo de pôquer. É mesmo uma testemunha bastante confiável.

– Ele estava na rua, à noite. Viu você jogando o corpo do Juiz pela sua janela.

Não podia negar que o testemunho estava de acordo com os fatos. Falhava apenas na descrição do local. O Juiz havia sido arremessado da janela de cima.

Fazia pouco que despertara na caverna. Em tão pouco tempo já era acusado de assassinato. Mas não estava nervoso. Não estava preocupado. Alguma coisa lhe dizia que a prisão não ocorreria.

– O bigodudo devia estar bêbado. Dormi a noite toda. E, afinal, o que esse juiz estaria fazendo aqui comigo?

Era evidente que o grupo não se sentia a vontade. Rodavam inquietos sobre os próprios pés, como se aguardassem uma solução mais prática que livrasse a todos de riscos maiores.

– O Juiz Nolan é uma pessoa importante. Middletown enviará delegados em busca do assassino. Downtown será varrida de cima a baixo se não nos adiantarmos a eles. Farão prisões e execuções sem se preocuparem com justiça ou coisa parecida.

Curioso como o sujeito lhe dava satisfações. Não era obrigado a isso. Era só apontar a arma e tentar conduzi-lo para o xadrez. Um Xerife competente faria assim. Mas o medo deixava-lhe uma sombra baça no olhar. As pessoas o temiam. E isso era bom.

– Então o jeito mais fácil é prendendo o forasteiro que teve a ousadia de enfiar o cano do revólver na boca do Dinger. Uma solução bastante simples e rápida. Pena que não a melhor, não é mesmo,

Xerife? Além do quê, me parece que essa cidade não é exatamente conhecida pela justiça que pratica. O Juiz Nolan é apenas mais um corpo para preencher um caixão. Dinheiro no bolso do agente funerário.

Ficava a questão de quem temiam mais. Se os supostos delegados que viriam de Middletown ou a ele. Era um estranho na cidade. Recém-chegado. Mais um sem rosto entre tantos, cujas emoções desapareceram há tempos, sem deixar pistas. Não negava que parecia fluir uma espécie de aura misteriosa ao seu redor. Ele a sentia.

"*Ho hóyewayin Wakan Wanagi...*". Lembrou-se da canção. Do mantra. Ainda ecoava dentro dele. Assim como as impressões causadas pelos estranhos sonhos que tivera antes de puxar o gatilho e matar – não sabia se o termo estava bem empregado, aquilo com um buraco na testa podia ser qualquer coisa, menos humano – o Juiz Nolan. Puxar o gatilho durante o sonho. Dormindo. Isso era prova irrefutável de que algo mais o acompanhava. Não exatamente ruim. Nem exatamente bom.

– Quem garante que não foi o Dinger que matou o Juiz e agora quer me culpar, como vingança, pelo ocorrido ontem no salão? Ele é bem capaz disso.

Os homens atrás do auxiliar do Xerife sorriram. Ele demorou a pegar o espírito da coisa. Mas terminou por balançar a cabeça afirmativamente, não sem certa relutância. Mas se Dinger era uma filho da puta perigoso, ainda era menos do que ele. Embora ainda não soubessem disso objetivamente, sentiam.

– É! – disseram os caras no fundo.

– Pode ser – tartamudeou o Xerife. As mãos tremiam um pouco. Prender o Dinger e enforcá-lo seria tarefa relativamente fácil.

– Se precisarem de ajuda para pegar o cara, não hesitem em me procurar. Será um prazer ajudá-los – dito isso, fechou a porta na cara da comitiva. Não estava disposto a prolongar a conversa quando o que se discutia já estava definido.

Sentiu-se bem com aquele desfecho. Voltou a se sentar na cama. Olhou para o tapete manchado e pensou em quantas semelhanças o tapete vagabundo tinha com certas pessoas.

Capítulo 7

Trevis, Martha e o Peregrino.

Não seguiu o homem. Nem queria fazê-lo. Ele o atemorizava de forma que não sabia explicar. Não estava interessado em mantê-lo à vista, assim rodou com o cavalo por um tempo até se decidir a ir à Garganta do Enlouquecido. Havia uma pequena possibilidade de encontrá-lo perdido por ali, indo e vindo sem nada entender. Mas era duvidoso. Todos na região conheciam a Garganta e seu segredo.

Quando chegou lá não o encontrou. Nem o viu durante a travessia. Desde os seis anos que não retornava à Downtown. Não parecia ter evoluído nem um pouco. As mesmas casas, comércios e habitual frenesi na rua principal, onde cavaleiros e carroças disputavam espaço. O homem que perseguia estava com o cavalo de Harvey e ele com o de Finnegan. Perguntava-se o tempo inteiro o que responderia se o inquirissem sobre o assunto. Diria que Finnegan estava morto, além de Maryanne, Harvey e outros dois mineiros. Ou permaneceria calado, por temor de ser envolvido nos crimes.

Na primeira oportunidade, abriu o bico, com visível alívio por poder desabafar. Estava no ferreiro, onde deixou o cavalo. Ao vê-lo, o velho Trevis abriu um sorriso discreto, logo desmanchado por uma expressão preocupada.

– Perigoso estar aqui. Finnegan não deveria tê-lo deixado vir.

– Ele não poderia fazer muita coisa a esse respeito. Por que o perigo?

– Crianças... – balbuciou Trevis baixinho.

– Ainda esse boato? – John se surpreendia que ainda circulassem por lá boatos dessa natureza. Desde que fora para o Posto de Trocas, jamais voltou a ouvir qualquer coisa a respeito.

– Talvez já tenha passado da idade. Acho que é isso. Está um homenzinho, pequeno Doe. Mas acautele-se. Como está o Finnegan?

– Morto.

Trevis arregalou os olhos, parou o martelo a meio caminho da ferradura que estava tentando consertar e o olhou com espanto.

– Ele, Maryanne, Harvey e mais dois mineiros que trabalham nas minas de Dinger. O Finnegan's está às moscas – dizer isto de uma vez só o fez se sentir melhor.

– Como é que é? – era claro que Trevis não estava entendendo, ou não queria entender. A fama de Finnegan como pistoleiro e matador de vagabundos atravessara há muito a região.

– Um forasteiro – viu a mãe mortinha no chão. A cabeça estourada por dois balaços e coisas estranhas que saíam dela. Tudo menos cérebro, como seria de se supor. Não sentiu nenhum pesar maior. Aquela não era, definitivamente, sua mãe. Morrera quando fora enviada para Uptown. Estava certo disso.

Então Trevis cerrou o cenho, abaixou a mão que segurava o martelo e, aproximando-se alguns centímetros de John, sussurrou:

– Dinger perdeu os últimos dentes. Um forasteiro chegou à cidade e quase o fez engolir o cano do revólver. Seria o mesmo?

– Não sei – respondeu John. Bem que podia ser. Tinha quase certeza de que era. Só podia ser, aliás.

– Matar Finnegan... Nem em sonho consigo imaginar alguém fazendo isso, afinal ele era... era... bem, você sabe – John fez que sim com a cabeça.

– Talvez esse forasteiro também seja. E melhor – continuou Trevis.

– Também pensei nisso – respondeu John. Quando viu Finnegan soltando óleo e parafusos, imaginou que o forasteiro só poderia possuir a mesma natureza. Nenhum humano era tão rápido com uma arma.

– Isso vai causar furor em alguns círculos – Trevis comentou num silvo de admiração. – Melhor ficarmos longe de confusão, John. A lei que cuide disso. Tem onde ficar? Eu lhe daria trabalho se soubesse que está mesmo livre dos... ah... caçadores. Você está crescido. Já passou da idade, não é? Não vejo crianças em Downtown há tempos... sinto falta delas – Trevis abaixou os olhos. Olhou para as mãos calejadas.

John balançou a cabeça, confuso. Trevis lhe parecia atordoado. Assim como todos com quem cruzara pelas ruas. Agradeceu a oferta. Dormiria no estábulo por alguns dias.

As mesmas casas comerciais. As mesmas pessoas paradas às portas. O vai-e-vem sempre tão parecido. O pó em constante suspensão, movido pelo incessante bater de cascos. Parou na esquina do posto do telégrafo e reconheceu o local exato onde Finnegan e Harvey o agarraram pelo colarinho, impedindo-o, em tempos idos, de bater a carteira de um bêbado.

Correu, atravessando a rua. Escapou das rodas de uma diligência, mas não dos impropérios do condutor. Do outro lado estava o Saloon. Não teve coragem de entrar. Temia ser enxotado, aos risos ou aos urros. Mas precisava saber se o forasteiro ainda estava lá. Espiou pela porta. Havia muita gente sentada às mesas, comendo e jogando.

O forasteiro devia já estar longe. Conhecia a fama de brigão e arruaceiro de Dinger. Um homem esperto é o que "desaparecia" depois de arrumar confusão com um cara desses. Mesmo considerando que o estranho era especial em alguns sentidos.

Ia se voltar, mas foi agarrado pelo pescoço. Mãos fortes o contiveram. Gaguejou alguma coisa enquanto era arrastado para o lado, distante alguns metros da porta do Saloon, onde foi espremido contra uma parede. A cara colada na madeira. A tez avermelhada pelo afluxo de sangue. A respiração difícil.

– Ora, se não é o garoto John Doe! – disse alguém de maneira satisfeita, às suas costas. – Perdido por aqui? – completou num sussurro especialmente prazeroso. Difícil para John responder com a boca amassada contra uma tábua. – Quantos anos você tem, garoto? Dez?

– Doze! – respondeu John num esforço supremo, deixando vazar saliva. O homem afrouxou o aperto permitindo que se virasse o suficiente para ver quem o retinha. Era o Assistente do Xerife. Bogus alguma coisa, nome que não lembrava direito. Só o vira duas vezes em toda a vida. Ambas no Posto de Trocas.

– Acho que, tecnicamente, doze anos o deixa fora do alistamento. Mas essa é uma questão que terei de esclarecer para não cometer injustiças, não concorda?

– Alistamento? – o garoto teve tempo de perguntar antes de ser jogado para a rua, com um pontapé no traseiro. Caiu, rolando no chão, o pó entrando na boca. Foi arrastado pelas pernas até a delegacia. Só teve descanso quando viu a porta do xadrez trancada às suas costas. Estava dolorido e machucado. Cheio de hematomas e arranhões pelo corpo.

Sentou-se no catre, avaliando os ferimentos. Sentia-se assustado. Não sabia o que estava acontecendo e que tipo de alistamento era aquele. Talvez tivesse a ver com o sumiço das crianças da cidade.

Trevis ajeitou o casaco sobre a camisa. Não estava frio, de jeito nenhum, mas detestava sair sem ele. Sentia-se melhor assim. Olhou-se no espelho o tempo suficiente para ver que os anos haviam deixado marcas. As mãos eram fortes, porém rudes. Deixara de apresentar o corpo resistente de um touro, assistindo-o ser lentamente substituído por uma massa adiposa. Braços ainda poderosos, mas o resto... Pouca valia.

Vestiu o coldre por hábito. Não andava mais armado. Não era bom para a saúde de ninguém. Há muito abandonara o revólver na gaveta da cômoda. Deixou-o lá, sendo pouco a pouco consumido pela ferrugem. Colocou o chapéu, respirou o ar abafado e saiu. Fazia tempos que não realizava passeios noturnos. O Sol desaparecia no horizonte, deixando no céu um belíssimo manto alaranjado.

Não bateu palmas porque não julgou necessário. Não aparecia ali há semanas, desde que pedira à Martha que consertasse umas camisas. Conheciam-se desde a juventude; viveram algumas experiências. Viram coisas que a maioria dos habitantes de Downtown ignoravam. Eram sobreviventes. Escaparam das mãos de caçadores por muito pouco.

Martha o olhou enquanto entrava. Permaneceu sentada. Quieta. Olhinhos miúdos atrás de óculos com lentes grossas. Ralos cabelos brancos, pele enrugada. Um xale a cobri-la. Meias finas e bordadas nos pés ocultando os dedos encavalados e as joanetes.

Trevis se sentou e observou a mulher que um dia fora a mais bela da cidade. Pelo menos para ele. A mulher que esbanjava jovialidade. E que perdera dois filhos, carregados por arregimentadores, conduzidos para lugar ignorado. O sofrimento destrói o corpo. Aniquila a alma.

– Algumas camisas para consertar, Trevis? – a voz soara frágil, quase um lamento. Ele pegou suas mãos. Sentiu-as frias, a pele fina, os ossos salientes.

– Há um forasteiro na cidade, Martha. Não sei... Pode ser bobagem, mas achei que deveria avisá-la.

Martha inclinou levemente a cabeça. Os olhinhos fitando Trevis com curiosidade. Uma leve e quase imperceptível perturbação fazendo bater mais forte o seu coração.

– Quantos forasteiros desde que se foram, Trevis? Não muitos, não é mesmo? Algum deles foi o homem a quem esperávamos? Não. Por que se ilude?

– Preciso acreditar. Não posso ver nossa cidade ir perdendo o brilho. Ver as pessoas morrerem consumidas pela idade. Sem reposições, Martha, sem reposições. Em pouco tempo, mais alguns anos, Downtown deixará de existir. Será uma cidade fantasma, assombrada pelos espíritos dos que a deixaram ainda jovens, ainda pequenos. Downtown é uma cidade de velhos. E morrerá com eles quando o último se for. Esse forasteiro é diferente. Ele é diferente, acredite.

– Todos eles eram diferentes de alguma forma. Todas as vezes você entrou em minha casa, cheio de esperanças, dizendo quase sempre as mesmas palavras.

– Ele matou Finnegan. Harvey também. E a mulher, mãe de John Doe. Está na cidade. As pessoas parecem temê-lo. Ele é... Poderia ser.

– Você o teme?

– Não tenho porque.

– Mas deveria. Se não for quem esperamos, a frustração vai, mais uma vez, prostrá-lo. Se for, a verdade que ele buscará poderá prostrá-lo da mesma forma.

– Se a prostração é inevitável, que ela seja trazida pelo Peregrino.

– Aceite a possibilidade de que esse estranho não seja ele.

– Aceite a possibilidade de ser.

– Aceitemos então, ambos, que o Peregrino pode nunca aparecer. Que podemos estar acreditando numa falácia. Num sonho ridículo.

Trevis calou-se. Ficaram se fitando por longos segundos. Havia comoção. Havia esperanças. Os olhos de Martha não o enganavam. Ela sempre acreditara nele, mesmo quando estava errado. E sempre estivera. Ela sempre discutira a fé que ele mantinha na vinda do Peregrino, obstando sua crença, mas a todo o momento deixando entrever que a crença era compartilhada. Porque ambos tinham dores em conjunto. Porque as pessoas tinham dores. Porque a cidade sofria. Todos queriam as crianças de volta. Todas elas, onde quer que estivessem.

– Preciso ir, Martha.

– Vá, Trevis.

Fechou a porta atrás de si. Observou a noite que já caíra. As estrelas que iam pouco a pouco cobrindo o céu noturno. Sentiu o ar mais fresco. Ajeitou o casaco, esfregou o nariz e tomou o rumo de casa.

John não descansara durante a noite. Incomodaram-no as pulgas no colchão carcomido, o barulho dos ratos, o piar dos morcegos e o ronco do Assistente do Xerife que dormira lá – próximo das celas. Instalado num sofá quentinho. Sentia os olhos arderem e o corpo dormente. Estava com bastante sono, mas não se permitiria descansar enquanto não saísse dali.

Não tivera força suficiente para entortar as barras metálicas da cela. Nem para arrancar as que bloqueavam a janela. Não era gordo, mas também não suficientemente magro para passar por elas. Assim, permaneceu andando de um lado ao outro, resmungando, choramingando e lamentando a má sorte.

O Sol mal havia se erguido no horizonte quando a porta que dava para as celas se abriu. Traziam um preso. Entraram o Xerife e seu Assistente, arrastando um homem furioso. John se surpreendeu ao reconhecer Dinger. Colocaram-no na mesma cela que ele.

Antes de saírem o Xerife deu uma boa olhada em John. Pareceu fazer um esforço para se lembrar de onde o conhecia. Acabou desistindo da tentativa e foi embora, fechando a porta.

Dinger estava inquieto. Olhos vermelhos, músculos retesados. Andava de um lado ao outro. Tremia de ódio e inconformismo. Chutou o colchão, deu um soco nas barras metálicas, gritou como um animal feroz e acabou por tombar no chão, sentando-se com as costas apoiadas na parede. O rosto barbado relaxando aos poucos.

– Aquele maldito – sibilou antes de cobrir os olhos com uma das mãos. John se manteve calado. – Aquele maldito... – repetiu Dinger num outro silvo, esfregando o rosto.

– Você é Dinger, não é? – perguntou John, abandonando o mutismo e a cautela. O homem olhou para ele com raiva. Pela primeira vez se dando conta de que não estava só.

– O que isso te interessa?

– Nada...

– Isso não vai ficar assim...

– O que aconteceu?

– Isso é da sua conta, garoto? – Dinger elevou a voz. O assovio aumentou. Seu rosto voltou a exibir cólera.

– Desculpe – gemeu John, afastando-se o que podia do homem. Não tinha para onde fugir.

– Vou sair daqui. Vou matar aquele filho da puta. Vou acertar ele, ah, se vou! Vou chutá-lo, socá-lo e atingi-lo com tantos tiros que precisarei comprar uma caixa extra de balas.

– O forasteiro... – John apenas tartamudeou. Dinger se calou e olhou para o garoto com expressão psicótica.

– Ele é seu amigo, rapaz? Vocês vieram juntos pra Downtown, não é? Chegaram juntos, aqui, não foi? Não conheço você nem conheço ele. Ah... Vocês estão juntos... Claro que estão...

– Não! Não conheço esse homem. Eu sou John Doe, trabalho com Finnegan no Posto de Trocas – John entrou em pânico. Sentiu o perigo.

O rosto de Dinger desanuviou. Ficou bastante frustrado por descobrir que perdia, ali, uma grande oportunidade de descarregar todo seu ódio em alguém. E não queria se meter com Finnegan. Mau negócio.

– O que aconteceu? – voltou a perguntar John, a curiosidade fazendo-o ignorar completamente os riscos. Dinger deu de ombros, cansado.

– O maldito forasteiro matou o Juiz Nolan ontem a noite. Eu o vi jogando o corpo pela janela da hospedaria.

John ficou espantado. Não conhecia esse Juiz, mas sabia que era alguém muito importante. Embora a notícia o surpreendesse, ainda não conseguia mensurar a magnitude dos fatos.

– Eu estava lá... Esperando uma oportunidade. O filho da puta podia querer sair pra tomar um ar... Qualquer coisa assim. Aí eu o pegava. Foi quando ouvi o tiro. Minutos depois o corpo caiu na rua. Eu pensei: eis minha grande chance, agora o filho da mãe não escapa. Vou vê-lo balançando numa corda. Aí, ia correr pra delegacia, mas estava bêbado. Bêbado que nem um porco. Encostei, feliz, num canto e adormeci. Só pela manhã, quando o corpo já tinha sido recolhido, pude avisar o xerife.

– E você está preso por quê?

– Porque o filho da puta convenceu o Xerife que foi EU quem matou o Juiz.

John ainda ruminava as novidades quando a porta da sala foi aberta. O Assistente entrou com ares aborrecidos. Parou diante dos dois e olhou para o garoto.

– O patrão mandou soltá-lo. Você já saiu da idade e ele não quer ter problemas com Finnegan.

John achou melhor não dizer que Finnegan estava morto. Mesmo em espírito, vinha lhe dando excelente cobertura. Passou pela porta da cela mal ela fora aberta. Dinger continuou sentado, quieto. John acompanhou o Assistente para fora. Viu o Xerife no escritório e ele apenas lhe lançou um olhar enfadado.

Parou diante da delegacia incerto sobre a direção a tomar quando um cavaleiro surgiu no fim da rua, galopando feito um doido. Parou o cavalo diante da delegacia, fazendo a nuvem de pó que o acompanhava envolvê-los todos, e entrou esbaforido. Falava nervosamente, cuspindo as palavras de qualquer jeito. John entendeu apenas "Finnegan" e "morto". Não se deu ao trabalho de tentar entender as demais. Achou melhor dar o fora dali.

Capítulo 8

Um abutre cadente.

Não ia sempre ao Finnegan's. Era perigoso. Mas os encantos de Maryanne bem que valiam o risco. Só se deitara com ela duas vezes até então. Experimentou delícias que jamais supusera experimentar. Maryanne era ardilosamente sensual. Seu jogo de pernas e a forma com que ordenhava os amantes eram sensacionais. Maryanne valia cada centavo. Nada da rotina que as mulheres dos saloons em Downtown ofereciam aos corajosos que iam experimentar suas pelancas.

Foi com perplexidade que chegou lá e, além de encontrar mortos dois mineiros que trabalhavam com Dinger, também Finnegan e Maryanne soltando rodelas no chão. Finnegan ainda balbuciava. Os olhos reviravam nas órbitas. A língua dardejava como a de uma cascavel. Maryanne, com a cabeça estourada, repousava numa aparente morte. As coisas estranhas que começaram a aparecer desde anos atrás lhe eram incompreensíveis. Monstruosidades. Mas Maryanne tinha serventia, apesar de todos os riscos envolvidos.

Não lhe sobrava nada mais a fazer senão montar e disparar de volta a Downtown. Claro que se arriscara ao erguer a saia de Maryanne e apalpar as nádegas firmes. Enfiou o dedo indicador na vagina úmida. Masturbou-se. Gozou se maldizendo pela insensatez.

O cavalo disparou pela planície. Era tanta a pressa que esquecera o ardil da Garganta do Enlouquecido, ultrapassando o limite que lhe proporcionaria a travessia segura. Teve que ir e vir uma segunda vez, o que o fez perder tempo precioso.

O coração batia acelerado. Jamais imaginara se deparar com uma cena daquelas. Podia ser com qualquer um. Menos com Finnegan. Com ele, não. Finnegan era imortal. Já matara tantos que não havia um só em Downtown que soubesse a conta certa. Era passatempo dele se meter em tiroteios. Enfrentar dois, três, quatro ou mais em duelos cujo final todos conheciam de antemão. Finnegan morto... A surpresa quase o impedia de respirar. Afogueava-se de quando em quando. Aspirava fundo antes de sufocar, absorto na cena incompreensível que vira e nos resultados inaceitáveis que presenciara.

A notícia causaria comoção na cidade. As pessoas falariam. O Xerife ia querer descobrir o responsável. Só não sabia se para prendê-lo ou congratulá-lo. Finnegan era uma imensa pedra no sapato de muitos. Comportava-se como um anarquista, ignorando todas as leis. Tripudiava sobre os habitantes da cidade, garantido que era de sua intocabilidade. Ninguém em sã consciência o enfrentaria. Só mesmo bêbados ou desvairados.

Entrou na cidade com toda a rapidez. Seu cavalo resfolegava. Rumou para a delegacia. Parou com estrépito, provocando um forte relincho do animal. Entrou correndo, sem nem olhar para os lados.

– Finnegan e os mineiros do Dinger. Mortos. Maryanne também. Uma bagunça. Inacreditável. Vocês nem imaginam...

As palavras continuaram a sair numa avalanche inesgotável. Quase confessou a dedada em Maryanne. Falou do óleo e das rodelas. Falou do assombro, da surpresa, do espanto. Martin, o Xerife e Bogus, seu auxiliar, ficaram imóveis, olhos arregalados. Demoraram a entender o que ocorrera. E então permaneceram lá, ainda de olhos arregalados, imóveis e espantados.

– John Doe – murmurou o Xerife, antes de, a muito custo, levantar-se, arrastando a cadeira para trás. – Onde está John Doe...

Não voltou para a cama. Ficou na janela, olhando o Xerife e seus homens saírem da hospedaria atrás de Dinger. Não tiveram muito trabalho. Estava do outro lado da rua. Parecia exultar diante da denúncia.

Viu se reunirem e Dinger mudar de expressão. De alegria para uma palidez cadavérica. Começou a gritar e a espernear enquanto o agarravam, arrastando-o pela rua. Os poucos passantes àquela hora observavam a cena com assombro. Dinger era um arruaceiro poderoso, já que dominava a exploração de algumas minas de ouro da região. Vê-lo sendo conduzido à prisão era por demais irreal.

Afastou-se da janela, sentou-se enfastiado na cama e analisou o quarto. Quanta diferença da caverna de onde saíra. Ergueu-se novamente e se observou no espelho sobre a cômoda. Viu-se exatamente como era. Um homem macérrimo e pálido, com roupas que não lhe caíam bem. O chapéu sobrando na cabeça. Uma figura patética com um Colt na cintura. Mesmo assim esbanjava uma espécie de energia que não só o alimentava como também afastava os demais, impondo-lhes respeito.

A memória era ainda um quadro negro de perturbadora vastidão. Mas se surpreendia agindo e reagindo ao ambiente como se dele fizesse parte há tempos. Manifestando um conhecimento que ignorava possuir. Tudo junto com a correnteza que, mesmo pacífica, fazia-se ouvir levemente nas margens mais distantes da sua mente.

Era um ninguém, apesar de tudo. Um ninguém que começava a sentir falta de um bom gole de bourbon. Então saiu do quarto. Ia à rua, respirar ar fresco. Ver se o Saloon estava aberto.

Dinger não pôde deixar de ouvir a entrada afoita de Bob. Conhecia seu jeito, o timbre da voz. E ouviu cada palavra cuspida entre um arquejo e outro. Finnegan estava morto. Dois de seus trabalhadores na mina também. Maryanne idem. A incrível Maryanne.

Ainda estava sentado no chão com as costas apoiadas contra a parede. Começou a se questionar sobre quem teria tanta força para matar Finnegan. Quem seria tão letal. Provavelmente não o fedelho que estivera com ele até há pouco. O merdinha seria incapaz de matar uma mosca sem se ferir mortalmente na tentativa.

Só havia uma possibilidade. Só havia um forasteiro na cidade. E então passou a língua na gengiva ferida, cofiando o bigode, feliz por não ter levado um tiro. Feliz por ainda estar vivo.

Chegou ao alpendre da hospedaria a tempo de ver o garoto – era o mesmo que assistira ao embate no Posto de Trocas – sair em disparada pela rua. Olhou para o céu para vê-lo todo azul, sem nenhuma nuvem. Reparou nos abutres. Em como faziam circunvoluções. Eram três ou quatro... Não, cinco. Afastavam-se uns dos outros, depois se aproximavam, passando tão próximos que ameaçavam se chocar. Pensou que a cidade poderia abastecê-los com bastante regularidade, tal a quantidade de velhos que habitavam nela.

Sacou o Colt e apontou para o alto. Mirou a esmo. As aves o incomodavam. Não o voo. Nem a existência delas. Incomodavam, sobretudo, por estarem sempre lá em cima. Nunca num voo rasante, nem no chão. Os passantes, poucos ainda, olharam para o alto. Pararam, é claro. Procuraram algo que valesse um tiro, um alvo viável. Não viram nada, mas mantiveram a atenção.

Ele puxou o gatilho.

Corria afoito, distanciando-se da delegacia. Não tinha onde se esconder, a não ser no estábulo, junto à relativa proteção que Trevis lhe proporcionava.

Até o momento a figura de Finnegan vinha lhe dando uma salvaguarda poderosa. A partir de então, quando a sua morte se tornava conhecida, estaria entregue à sanha dos justiceiros. Era o único do Finnegan's vivo. Não precisava ser esperto para saber que ou matara a todos ou sabia muito bem quem o fizera.

Não estava nem um pouco propenso a entregar o forasteiro. Essa decisão – que não parecia uma decisão inteligente – era inexplicável. Nada o ligava ao homem. Não eram amigos, sequer conhecidos. Fora apenas testemunha do tiroteio que ceifou a vida de quatro pessoas.

Entrou no estábulo driblando habilmente dois cavalos que se mexiam e remexiam inquietos, abanando as caudas cheias de moscas. Pisou numa montanha de esterco, praguejou e foi se sentar lá no fundo, na beirada de um cocho. Arquejava, embora a corrida tivesse sido curta. Estava mais assustado que cansado.

Trevis estava lá e o viu chegar. Ia inquiri-lo a respeito da pressa, mas um disparo atraiu sua atenção. Saiu, sendo seguido por John. Tiros eram corriqueiros e a curiosidade era saber quem matara quem. Mas ambos encontraram uma dezena de pessoas paradas. Atenções focadas lá em cima, no alto, no céu. Olharam também, interessados.

Martin se levantou. Estava consternado por ter libertado a única pessoa que podia esclarecer os fatos ocorridos no Finnegan's. Nem lhe passava pela cabeça que o garoto pudesse ter cometido os crimes, mas ele deveria saber quem o fizera.

Jamais Downtown assistira a ocorrências simultâneas tão espantosas. O assassinato do juiz Nolan e a morte ainda inexplicável de Finnegan e Maryanne. A placidez da cidade – nem tão plácida assim, é verdade – estava sendo vigorosamente sacudida.

Não chegou a dar dois passos na direção da porta da delegacia. Ouviu um disparo do lado de fora. Saiu e deu de cara com moradores absortos com algo que acontecia no céu. Olhou para cima também, assim como Bogus, seu assistente, e Bob, o arauto de más notícias. Levou alguns instantes para entender o que se desenrolava. E quando entendeu, levou as mãos à cabeça e saiu correndo para o meio da rua.

Assim que atirou viu balançar um dos abutres. As asas fremiram, depois passaram a bater de forma desorientada. Aí se fecharam e a ave iniciou uma queda rápida, girando sobre o próprio eixo. Deixava um rastro de penas pelo caminho.

Mantinha a atenção no abutre, que se aproximava com incrível rapidez. Ao se tornar mais visível, mais e mais se confundia com qualquer coisa, menos com a ave que acreditara ser. Houve alguma movimentação na rua. Exclamações de assombro. Um ou outro grito de alerta.

Aprendeu que podia acertar num alvo sem mirar. Funcionara com o homem no deserto, funcionou agora com a ave.

A imensa massa negra despencava sobre a cidade. Homens e mulheres correram o que as pernas fracas podiam suportar. Mãos para cima, protegendo-se do céu que lhes caía sobre a cabeça. O estrondo ocorreu sobre a delegacia. Um barulhão terrível. A construção de alvenaria vergou sob o peso e a força do impacto. Madeira, cal e cimento numa nuvem. A porta e a janela arrebentaram. Depois um silêncio quase absoluto, só quebrado por um ou outro tijolo caindo no chão. Penas negras e grandes – bem grandes – esvoaçando pelo ar.

O Xerife com ambas as mãos sobre o chapéu, enterrando-o ainda mais na cabeça, boca aberta, olhos arregalados, sem acreditar no que acabava de presenciar.

Então, todos ouviram um grito em desespero que brotou lá da delegacia.

– Socoooorro...

Era Dinger.

Comoção pública. Era o que se podia dizer. Não havia um só morador de Downtown que não se espremesse na entrada do que restava da delegacia. Todos atentos ao abutre abatido.

Perplexidade, medo, surpresa, satisfação. Nem Trevis e John Doe ficaram de fora. Martin, o Xerife, esquecera-se das urgências. Nada mais era importante. Mantinha-se sentado num pedaço ainda inteiro do banco que ficava diante da delegacia, no alpendre. Exibia uma expressão combalida.

O forasteiro estava lá. Empurrado por uns e outros que procuravam se achegar para ver melhor. Não se tratava de um abutre comum embora fosse também conhecido por esse nome. O que restava deixava claro que a envergadura não era inferior a seis metros. Asas mecânicas, recobertas por penas. O tronco era humano, mas essa era um dedução aproximada. Misturado aos destroços havia um misto de carne e metal. A cabeça estava intacta. Mas isso não basta para definir a origem do bólido cadente. No lugar dos olhos havia um tipo de óculo. Um deles estava prolongado como se fosse uma luneta. O outro retraído. Partes metálicas cobriam regiões do corpo, o rosto era brilhoso. A boca exibia dentes pontiagudos, capazes de mastigar uma ferradura sem maiores esforços. Um dos dedos, separado da mão – impossível dizer se da direita ou da esquerda – dava pulos pelo chão.

– Se soubesse que era esse o tipo de abutre que voa por aí, já teria derrubado alguns há mais tempo – disse o forasteiro.

Capítulo 9

O Peregrino, peregrina.

Repetiu a mesma frase algumas vezes enquanto bebia bourbon, encostado ao balcão. Olhos cintilantes pelo álcool, embora não desse sinais de estar ébrio por mais que bebesse. O Saloon estava movimentadíssimo. Parecia um asilo em polvorosa. Entra e sai contínuo. Gente de todos os lados querendo vê-lo. Estar perto do homem que derrubara um abutre.

Havia um senso de incerteza. Sempre viveram as vidas em função de trabalhar e pagar impostos. Assistiam às incursões constantes de simbiontes vindos do exterior. Tratavam a população local com desprezo. Eles aceitavam o tratamento porque não podiam fazer nada. Não eram hábeis ou talentosos ou mesmo corajosos o suficiente para enfrentá-los. Mas, súbito, um homem estranho, um forasteiro, vinha para contrariar todas as regras.

Ele se considerava "vivo" apenas há alguns dias. Tentava não questionar mais o período anterior ao acordar na caverna. No que lhe tangia, a vida começara no momento em que abrira os olhos. Desde então só matara. Simbiontes e humanos. Não se importava se mereceram ou não. Estavam mortos e isso era tudo.

Alguém o tocou levemente no ombro. Voltou-se devagar. A correnteza suave, rumorejando, indicando não haver perigo. Era o Xerife. Exibia olheiras profundas, como se tivesse envelhecido ainda mais nas últimas horas.

– Gostaria de conversar um pouco. Num lugar mais sossegado. Uma mesa distante.

Afastaram-se. As pessoas respeitaram a reclusão, deixando-os a sós.

Sentaram-se ao redor de uma mesa isolada, frente a frente. O Xerife olhou-o demoradamente antes de falar.

– Como se chama?

A questão não o surpreendeu. Vivia se fazendo a mesma pergunta desde que acordara na caverna. Com certeza devia ter um nome. Fora gestado. Nascera do ventre de uma mulher. Crescera, vivera... Fora abandonado ou abandonara-se. Qualquer das alternativas não lhe abria nenhuma porta ou apresentava-lhe qualquer solução.

– Não sei – respondeu laconicamente. O Xerife pareceu não dar crédito. Ninguém daria.

– De onde vem?

Pensou bastante antes de dar a resposta. Poderia dizer que viera da caverna. Talvez o Xerife soubesse de alguma história sobre um homem abandonado à própria sorte, para morrer em clausura. Aí, então, ririam todos, dizendo que se chamava Tom ou Lloyd ou Greg alguma coisa. Dariam-lhe tapas nas costas e perderiam o receio que tinham por ele. Teria que distribuir tiros, matar muitos para ter o respeito de volta.

– De longe.

– Seria de Middletown ou Uptown?

– Não conheço esses lugares.

– Você sabe que Dinger não faria isso, não sabe? Quero dizer... Dinger é da cidade. Ele está ambientado aqui. Conhece as regras. Sabe até onde pode extrapolar. O juiz Nolan não está fora das intenções assassinas de qualquer um, mas jamais ousariam. Morrem por ele, mas não matam.

– Está dizendo que fui eu?

– Não estou dizendo nada. Um habitante desta cidade jamais mataria alguém como Nolan ou como Finnegan. Não há meios, entende? Estão acima do que nossas armas e vontades são capazes de realizar. Deus sabe como estou surpreso pelo que fez. Não entendo nem quero entender. Derrubar o abutre foi também um feito incrível...

– O que são aquelas coisas, afinal?

– Os abutres? Extensões de Uptown que se ramificam por sobre Middletown e Downtown. São observadores.

– E voam? Como podem...

O Xerife deu de ombros. Não tinha resposta para a pergunta. Continuou o raciocínio anterior, quando fora interrompido pelo forasteiro.

– ... Matar Finnegan entrará para a história. Matar Nolan também. E só entram para a história pessoas com tantas habilidades quanto as que você matou.

– Ah... entendi... você está dizendo que sou um desses simbiontes. Meio homem, meio ferro.

Até aquele momento não pensara na questão. Não lhe ocorrera que pudesse ser uma aberração metálica. De repente, a ideia o assustou. Poderia ser. Isso explicaria muitas coisas.

– Nem que sim, nem que não.

– Vai me prender por derrubar o abutre? – Ria-se intimamente, não havia cadeia. Onde o delegado o prenderia?

– E por matar Nolan e Finnegan? Fora Maryanne e dois mineiros que trabalhavam com Dinger?

– Está esquecendo um tal de Harvey...

– Você... Matou Harvey também?

– Digamos que sim...

– Ninguém conhecia Harvey o suficiente para julgá-lo. É figura antiga na região, vinha e ia com bastante frequência, parecia ter livre acesso às outras cidades, coisa que nenhum de nós tem. Desconfiamos que teve responsabilidade no sequestro de todas as crianças da cidade.

– Crianças?

– Outro assunto. Para outra hora.

Vinha sentindo uma estranha sensação de perda desde que matara o tal Harvey. Como se tivesse agido mal. Como se o homem lhe fosse importante de uma forma que não podia definir. Mas era balela. Ninguém ali lhe era importante. Ninguém.

O Xerife enfiou a mão no bolso, mas não tirou de lá uma arma. Veio com um pedaço de papel.

– Sabe o que é isto? – Não lhe deu a oportunidade de arriscar uma resposta. – Uma mensagem telegráfica. Veio dos dirigentes de Middletown. Chegou pouco antes de eu vir aqui falar com você.

O Xerife abanava o pedaço de papel, segurando-o entre os dedos.

– Boas ou más notícias? – perguntou o forasteiro, torcendo para que fossem péssimas. Nada fora feito que estivesse de acordo com as regras que os habitantes da cidade precisavam seguir. Divertiu-o ver a expressão dolorida do Xerife, enquanto abria o papel, exibindo a mensagem.

– Três delegados simbiontes foram enviados para pôr ordem na cidade. Sabe o que isso significa?

– Que vocês estão ferrados – sorriu divertido.

– Você precisa ajudar.

– E por quê? – pensou no Colt cuspindo balas e mais balas. Simbiontes caindo no chão, mortos. Sabia que só ele podia enfrentar os delegados, mas não o incomodaria ver uns tantos e quantos cidadãos baleados, sangrando pelas ruas, antes de interferir.

– Porque matou quem não podia ser morto. Parece-me que você tem habilidades especiais.

– Vou pensar no seu caso.

– Pense.

O Xerife se levantou, lhe deu as costas e saiu do Saloon. Deixou o recorte de papel. Ele o leu. Não dizia quantos dias. Talvez dois ou três. Perguntava-se se ia mesmo se meter naquilo. Metera-se no caso da puta e do juiz. Quase se complicara com a coisa. A cidade tinha algo que pudesse interessá-lo? Pensou nas minas de ouro e sorriu. Talvez eliminar uns delegados o tornasse popular por ali.

Downtown vivia dias de ansiedade. Era visível a preocupação com relação ao futuro. A notícia das mortes de Finnegan e de Harvey se espalhou como rastilho de pólvora, causando comoção. Nem a morte do Juiz Nolan causara tanta perturbação.

Os habitantes viviam aos cochichos. Pareciam temer as paredes. A balbúrdia da cidade diminuíra. Mineiros deixaram de trabalhar. As minas, paradas, tiveram as portas fechadas. O barbeiro ficava sentado o dia inteiro, olhando-se no espelho, sem clientes. E não se importava com isso. Pensava se haveria barbearia depois da vinda dos delegados.

Trevis terminou os serviços que tinha e se encostou. Tanto por falta de trabalho, quanto por preocupação. A delegacia continuou desmantelada. Retiraram o abutre, varrendo as partes menores junto à caliça. Jogaram o corpo num caixão, mas não o enterraram. Colocaram-no num terreno baldio, tampa lacrada, para que pudessem decidir mais tarde o que fazer.

Dinger fora medicado e solto. As acusações contra ele retiradas. Afastou-se da cidade indo para as colinas, bem próximo das minas. Lá se acreditava são e salvo. Os saloons tiveram a frequência reduzida. A jogatina diminuíra. As bebedeiras foram interrompidas. As confusões, os acertos de contas, as arruaças, os tiroteios... Tudo parou. Downtown, súbito, transformara-se numa cidade silenciosa.

Mas havia uma mudança mais importante. Algo que ficara patente desde a chegada do forasteiro. As pessoas começavam a sorrir. Esforçavam-se para demonstrar alegria. Ignoravam se era confiança em melhores dias futuros, ou se era o desespero que lhes tirara o pouco de sanidade que possuíam.

A quantidade de abutres sobre o céu de Downtown se multiplicava a cada dia. Chegava ao número de duas dezenas em determinados períodos. O forasteiro se mantivera o tempo inteiro recluso. Bebia o dia inteiro e a noite também. Raras vezes ia à janela.

Visitas e convescotes foram interrompidos. Quase ninguém saía de casa. No terceiro dia depois da queda do abutre, Martha foi vista claudicando na rua empoeirada. Ia para a hospedaria.

John Doe se empoleirou numa viga, dividindo espaço com dois cavalos esquecidos pelos donos havia dois dias. Viu a velhinha caminhando com tanta dificuldade que teve vontade de ajudá-la. Admirava-a na tentativa estoica de atravessar o caminho irregular e poeirento, arrastando os pés com dificuldade.

Era uma tarde de muito calor como todas as tardes. O sol forte fazendo estalar a areia no chão. As ruas sem movimento. Os moradores reclusos em suas tocas, vez ou outra esticando o olhar para além da periferia, ao longo da planície em busca dos cavaleiros esperados.

John ameaçou se erguer, abandonar a preguiça, mas Trevis se achegou a ele, colocando-lhe uma das mãos sobre o ombro, impedindo-o.

– Deixe-a. Ela chegará ao seu destino, mesmo com toda a dificuldade.

– Você a conhece?

– E não conheço alguém nesta cidade?

– Parece tão velha...

– Mas não é tanto assim. Tem a minha idade.

Ficaram olhando-a até que atingisse o alpendre defronte da hospedaria. Parou por alguns instantes tentando, debalde, limpar o vestido da poeira. Aprumou-se, tossiu e caminhou devagar para dentro. Naquele momento John se desinteressou pela velha, mas Trevis manteve-se atento, os pensamentos agitados. Estava certo de que Martha não se deslocaria até ali para fazer uma visita tola ao velho Doc. Era frágil demais para andanças. Só podia ser uma coisa: ia ver o forasteiro.

– Cuide do estábulo para mim, John. Vou dar um passeio e já volto.

A garrafa de bourbon estava quase vazia. Havia ainda outras duas no quarto. Ao lado da cômoda, seis delas jaziam tombadas, sem uma única gota. Bebera sem parar desde que se enfiara lá dentro. Havia pausas, claro, para dormir.

Estava enfastiado. O tempo não passava e a cidade não lhe oferecia nenhum atrativo. Chegou a pensar em mulheres, mas a lembrança da velha no quarto de cima quase o fez vomitar. Aí, ouviu passos arrastados no corredor. A correnteza se agitou levemente, deixando-o atento. Levantou-se, aproximando-se da porta, e a abriu antes que Martha pudesse bater. A fez entrar. Ela deu passos lentos, rodeou-o com vivo interesse, observou seu rosto, pegou-lhe na mão e então franziu o cenho. Os olhinhos miúdos tentando arrancar dele alguma confidência silenciosa.

– Você é o Peregrino? – A pergunta foi sussurrada, como se as paredes da hospedaria pudessem ouvi-la. Ele recrudesceu a expressão diante da anciã que o observava tão atenta. Torcia para que ela não estivesse ali por algum tipo de diversão. Se fosse isso, serviria como alvo de sua pontaria.

– Quem é o Peregrino? – redarguiu, erguendo levemente o chapéu, tirando-o de cima da testa.

– Não sei – respondeu Martha ainda num sussurro. – Mas pode ser você.

– E como saberíamos? – A pergunta era mais que retórica. A possibilidade de descobrir algo do passado o deixara ansioso. Martha deu de ombros, soltando-lhe a mão e procurando conforto num canto da cama, onde se sentou devagar.

– Houve um tempo em que Downtown não era este cemitério. Havia vida... havia jovens... crianças... ah... havia crianças.

Ele se aproximou, puxou uma cadeira e se sentou diante dela. Martha olhava para baixo, olhos fixos num ponto qualquer do chão. O corpo tremia em pequenos e curtos espasmos. Como se sofresse dores íntimas que só naquele momento iam se libertando de invisíveis grilhões.

– Quem é o Peregrino? – A questão ainda o incomodava. Não queria permitir que se desviasse do assunto. Qualquer menção a uma hipotética origem o interessava.

– Ninguém sabe... Apenas o aguardamos. Não só eu, nem o Trevis. Todos. Os que sobrevivem. Os que ainda respiram. Logo não restará mais ninguém, Downtown se transformará em cinzas. Como se chama? – perguntou Martha, erguendo o rosto e voltando a fitá-lo. A pergunta o irritou. Era a segunda vez que lhe perguntavam o nome. Que raios aquela curiosidade!

– Não sei meu nome.

– Então pode ser o Peregrino. Pode ser você, afinal. Pode, não pode?

– Se quiser... – Estava ficando cansado daquele jogo. Estava claro que a velha era gagá. Como a maioria dos moradores da cidade.

– Quero muito. Queremos, todos.

– Então que seja!

– Isso. Você será. Você é.

– E o que faz o Peregrino?

– Peregrina pelas cidades em busca das crianças perdidas.

Martha se levantou. Parecia mais forte e decidida. Foi até a porta, deixando-o para trás, olhando-a, confuso. *"Crianças perdidas!...* – Bateu a porta, voltando a atenção para uma garrafa de bourbon.. –. *Crianças perdidas! Gente doida!* – Bebeu um gole e riu. – *Crianças perdidas... Até parece".*

Capítulo 10

Janelas abertas. Brilhos metálicos em mãos ansiosas.

Martha surgiu na recepção da Hospedaria, sendo recebida por Trevis que a aguardava ansioso. Olhou-o sorridente. Caminhou com passos calculados até se apoiar nos braços dele, que a conduziu para fora.

– Um dia tão quente... Que deu na sua cabeça para sair de casa, assim?

– Precisava ter certeza – agarrou-se mais firmemente, tateando o chão irregular com os pés cansados. – Queria saber se é o Peregrino.

– E soube? – A voz de Trevis não escondia a expectativa.

– Não.

A resposta o desarmou. Viu-se, súbito, abandonado. Quase soltou Martha. Mas logo se restabeleceu.

– Então não é ele...

– Não disse isso.

– Mas é ele ou não?

– Há meios de saber? Chegará à cidade um homem que se proclamará o Peregrino? Ele nem sabe quem é. Não sabe o próprio nome, nem de onde vem. Mas pode ser, por que não?

– Não podemos acreditar numa fantasia.

– E não é uma fantasia crermos num Peregrino, uma crença que não sabemos de onde vem, quem a iniciou e nem como terminará? Pode me dizer quando e quem chegou à cidade, um dia, prometendo ou profetizando a vinda de um Peregrino?

Trevis se manteve calado. Jamais soube como começara essa crença. Um dia após o outro e logo todos na cidade sussurravam, falando de um Peregrino que viria para ir em busca das crianças perdidas. Uma fé que foi se tornando mais sólida, sofrendo revezes todas as vezes em que um novo forasteiro era morto por Finnegan.

– De todos os que aqui já estiveram este é o único que realizou feitos notáveis. Se não for ele o Peregrino, quem poderá ser?

Trevis assentiu, silencioso, sustentando-a enquanto atravessavam a rua poeirenta e vazia.

– Vamos chamá-lo de Peregrino de agora em diante. Ele aceitou sê-lo. Eu decidi chamá-lo assim.

Martha apertou os lábios, olhos distantes, vasculhando o horizonte. No coração o medo de estar errada e o desejo de estar correta. Passara boa parte da vida esperando pelo homem, fosse ele quem fosse. A cada um que chegava dedicava parte de suas esperanças. Logo desfeitas pelos disparos sempre precisos de Finnegan. Como um cão de guarda que ladeava a cidade em busca de vítimas novas, de incautos forasteiros que se achegavam à cidade moribunda.

O novo homem matara Finnegan. Matara o cão pestilento. Quem mais, senão o próprio Peregrino tão aguardado conseguiria fazer isso? Depois a morte do juiz Nolan, depois o tiro estupendo que derrubara um abutre... Espantoso era o mínimo a dizer. Relutara no início em aceitá-lo, já tão desesperançada na vinda do homem. Mas os feitos, todos eles, faziam-na mudar pouco a pouco de opinião.

Peregrino... Não sabia se podia ser chamado assim um homem que acordou numa caverna, perdido e sem passado. Era reconfortante, porém, ter um nome ou ser chamado por um, mesmo que lhe soasse estranho ou impróprio. Peregrino servia-lhe muito bem; melhor que estranho ou forasteiro.

"Ninguém sabe... Apenas o aguardamos"... Riu lembrando-se das palavras e do que significavam. Uma cidade inteira aguardando um homem desconhecido, na dúvida se viria mesmo ou se existia de fato. Pareceu-lhe tão descabido, tão sem razão a espera. Mas tantas coisas descabidas tinham acontecido até então que mais essa pouco ou nada acrescentava à sopa de esquisitices do lugar.

Ergueu a garrafa se olhando no espelho e ofereceu-se um brinde.

Um brinde ao Peregrino. Àquele que peregrinaria em busca das crianças perdidas (e riu-se novamente). Bebeu novo gole, sorveu a bebida com vagar, sentindo o líquido escorrendo-lhe pela garganta. Depositou a garrafa desajeitadamente no chão, voltou a mão ao Colt e sentiu a correnteza rugir.

Levantou-se com a expressão transformada. Os olhos antes vivos e brilhantes fecharam-se num eclipse, semblante carregado. A tormenta jorrando dentro dele.

John Doe viu Trevis ajudando a velha senhora a atravessar a rua. Sentiu naquele gesto mais que simples cavalheirismo. Acompanhou-os com o olhar até que desaparecessem de vista, numa rua transversal.

Se antes o caminhar da senhora era trôpego, quase interrompido, com a ajuda de Trevis caminhava com razoável desenvoltura. Viu que conversavam baixinho, sussurrando um ao outro coisas que não pôde precisar nem pelo movimento dos lábios nem pela adivinhação.

Apesar da quietude dos últimos dias, da evidente retração que a cidade sofrera desde que souberam da vinda iminente de delegados de Middletown, ainda sentia as emoções em polvorosa. Jamais imaginara que veria fatos como os ocorridos nos últimos dias. Sentia-se vivendo uma realidade distante da que vinha experimentando. Como se grandes e importantes acontecimentos estivessem em curso, prestes a alterar profundamente a rotina de todos.

Imaginava uma série de coisas. Acontecimentos maravilhosos e espetaculares. Imaginava o mundo de ponta cabeça, casas e pessoas sendo jogados de um lado ao outro. Montanhas chacoalhando. Imaginava loucuras infantis, todas elas sob a batuta do Colt do forasteiro.

Então, de um momento para outro, parou de imaginar. Um arrepio o fez bater os dentes. As mãos tremeram num súbito. Ele olhou para a esquerda, para o fim da rua, para além dela, lá no horizonte. Três linhas ondulantes surgiam ao longe. Acima deles, objetos voadores dando rasantes.

Prendeu os maxilares numa mordida forte, fazendo os dentes pararem de estalar. Sentiu os músculos se retesarem. O coração disparou. As mãos se fecharam, fazendo as veias saltarem. Procurou no cinturão um revólver que não possuía. Moveu-se devagar, saindo de onde estava. Entrou em casa e foi se proteger.

A delegacia estava do mesmo jeito: paredes caídas, teto derrubado. A sujeira fora retirada. Uma ou outra porta ainda fechava nos trincos, embora as paredes que as sustentassem estivessem prestes a ruir. Alguns pedaços de madeira ainda pendiam do teto aqui e ali. A cela não possuía grades. Mais da metade delas se entortara e quebrara na queda do abutre. Fora um milagre Dinger escapar quase ileso do incidente.

Apesar da decrepitude, Martin não abandonara o posto. Mantivera-se sentado diante da mesa – incólume – pronto para qualquer chamado, que não viera e nem viria. Era o xerife da cidade, não abandonaria o posto por nada. Bogus, seu assistente, fora dispensado. Não havia lugar para ele, não havia alpendre onde se recostar, jogando as pernas ao alto, entre rápidos e sucessivos cochilos.

Desde que o telegrafista trouxera a mensagem de que três delegados se moviam para Downtown, a cidade ganhara admirável tranquilidade. Tornara-se pacata como nunca antes. Lamentava que tal tranquilidade não fosse a tônica. Mas não lamentava as mudanças que ocorreram e que ainda ocorreriam. Não lamentava nada desde que Finnegan fora morto.

Olhou para o Winchester que estava encostado à parede atrás dele, recebendo um facho direto de luz solar. Pegou-o, verificou se estava carregado e o empunhou. Sentiu no ar o cheiro de problemas.

Não pretendia ficar quieto, no canto. Não mais. Nunca mais.

Doc viu Trevis sair com Martha. Ficou bastante surpreso em vê-la entrar na hospedaria e subir sem nem lhe lançar um cumprimento. Em como parecia totalmente absorta em pensamentos.

Até imaginava quais. Deveriam ser os mesmos pensamentos que vinham assoberbando todos em Downtown. O estranhíssimo forasteiro cuja pontaria e coragem fizeram tantos estragos. Eles o temiam, mas não lhes parecia que estivesse ali atrás de confusões, de enfrentamentos, de provocações e mortes desnecessárias. Havia no ar um cheiro indisfarçável de vingança. E a imagem difusa de um Peregrino há tanto tempo aguardado lhe vinha à mente todas as vezes em que pensava no estranho.

Assistira tiroteios e duelos por toda a vida. Balas perdidas que acabavam, muitas vezes, matando espectadores excitados com a contenda. Mas sempre fora um homem de paz. Mesmo assim guardara na gaveta alguns revólveres, todos herdados de hóspedes cujas existências encontraram fim prematuro. Escolheu um a esmo, verificou se estava carregado e limpo, e o empunhou.

Não foi com prazer que verificou a empunhadura perfeita. O dedo encostando-se no gatilho, fazendo lustrar levemente o metal. Levantou-se da cadeira onde sentava-se, espreguiçou-se e caminhou até a entrada da hospedaria. Olhou para longe, além do final da rua.

Calculou a distância e o tempo que precisaria para se preparar. Subiu os degraus, cruzando com o forasteiro que passou por ele como se nem o visse. Deu de ombros. Entrou num quarto vago – todos estavam vagos, com exceção do ocupado pelo estranho – e se posicionou diante da janela. Olhou para o céu. Um lindo e ensolarado dia, como todos os de Downtown desde que se conhecia por gente. Reparou em outras janelas sendo abertas, olhares discretos lançados para a rua, brilhos metálicos em mãos ansiosas.

Trevis deixou Martha em casa. Estava aborrecido por um lado e angustiado por outro. Crivava-se de perguntas: "O forasteiro era o Peregrino tão esperado ou não? A razão de Martha devia ser levada em mais valia que a emoção? E no que ele, pessoalmente, acreditava? Suas suspeitas – baseadas em nada – deviam ser levadas em conta? Fatos quase mágicos – derrubar um abutre durante o voo em grande altitude e acabar com Finnegan – poderiam ser suficientes para determinar a procedência do estranho?"

Estava num lodaçal de suposições. Mas aquele homem era a melhor coisa que já havia surgido em Downtown desde sempre.

Apressou-se, olhando de relance para o horizonte. Precisava ver se John Doe estava em lugar seguro e ainda carregar a espingarda. Era hora de ser mais ativo naquela história toda. Deixar o medo para trás e acreditar num futuro melhor. Mesmo que esse futuro lhe reservasse a morte. Melhor morrer acreditando em algo, que escondido na própria covardia.

O Peregrino desceu as escadas sentindo as ondas da correnteza batendo contra as paredes da alma. Posicionou-se no meio da rua, de frente para o destino. Lá longe, cavalos e cavaleiros vinham em aproximação constante. Junto a eles, hordas de seres alados faziam circunvoluções.

Capítulo II

Fogo cruzado.

Downtown possuía algumas centenas de casas, embora a maioria estivesse vazia. Outras depauperadas. Com o passar do tempo, os habitantes foram morrendo. As poucas centenas que viviam lá não suportariam mais dez ou quinze anos. A vida era severa e, sem descendentes para dar continuidade às famílias, estas iam lentamente se extinguindo.

Mas houve épocas de fartura, onde a cidade cortejara a prosperidade. Cercada por minas de ouro e visitada por búfalos duas vezes ao ano, Downtown possuía riquezas que a transformavam paulatinamente num poderoso centro comercial. Estabelecimentos iam pontilhando a planície. As atividades eram familiares, reunindo várias gerações num mesmo ofício. O ouro e as peles movimentando as engrenagens laborais.

Downtown caminhava a passos largos para uma urbanização sem precedentes. Foi quando surgiu o primeiro emissário de Uptown. Um lugar distante e até então desconhecido.

Procuravam associações. Queriam se estabelecer lá, mas em circunstâncias nada favoráveis; queriam parceria nas minas de ouro em proporções ofensivas, queriam as manadas de búfalos e a cidade e as pessoas e as crianças... Isso foi a gota d'água. O que pediam era ultrajante. Foram enxotados. E saíram dali com os semblantes tranquilos como se esperassem que acontecesse daquele jeito mesmo.

Não demorou a surgir novos emissários. De Uptown no início – igualmente enxotados – como também de Middletown. Estes causaram surpresa. Ninguém poderia supor que estivessem ao lado daqueles miseráveis, que tivessem sido cooptados.

Foi nessa época que surgiram os primeiros abutres. Logo depois, Finnegan. O Posto de Trocas era da família Hoover. Finnegan matou todos. Pai, mãe, avós... menos os filhos que foram enviados para Uptown. Eles foram os primeiros. Xerifes incontáveis procuraram Finnegan para prendê-lo, mas foram sistematicamente assassinados. Causava surpresa a intocabilidade do homem. Como poderia escapar dos xerifes, dos assistentes e de moradores que, indignados, atocaiavam nos lugares mais remotos? Sempre impenetrável por balas, foi derrotando um a um dos desafiadores.

Com o passar do tempo, mais a cidade se encolhia, assustada. Abutres faziam incursões terríveis, em voos rasantes, roubando crianças. Todas as que estavam nas ruas. Eram agarradas e levadas para longe. Nada podia impedi-los. Outros emissários foram surgindo, mas não traziam propostas e, sim, morte. Matavam qualquer um que lhes cruzasse o caminho. Impingiam humilhações terríveis a homens e a mulheres. Qualquer tipo de revolta era punida. Foi quando a cidade teve conhecimento dos simbiontes. Quem eram e, principalmente, o quê eram.

O terror tomou conta das ruas. Famílias se viraram contra famílias. O medo de se tornarem alvos os fazia cometer atos bárbaros. Roubavam eles mesmos as crianças dos vizinhos e entregavam-nas aos emissários e aos abutres, contando com isso serem poupados.

Coletores de impostos roubavam quase tudo o que a cidade possuía. Se não fossem acordos últimos em que os proprietários aceitavam uma mínima parte do que produziam, logo nada mais restaria senão escombros e simbiontes trabalhando onde antes havia humanos.

Downtown mergulhou no caos. Todas as crianças foram roubadas. Pais sem filhos e com medo de gerarem novos rebentos. Abortos eram cometidos a toda hora. Preferiam os fetos mortos que entregues.

Recuaram. A cidade perdeu o esplendor. As lojas foram sendo fechadas, uma a uma, até que apenas as necessárias para a sobrevivência de poucos se mantiveram.

Os habitantes, aterrorizados, entregaram-se ao desvario. Enlouquecidos, provocavam-se, tirando diferenças em duelos cada vez mais constantes. Faziam apostas para saber quem sobreviveria. Quem ganhava hoje, morria amanhã, ou depois. A loucura geral só serviu para deixar a cidade ainda mais enfraquecida.

Emis sários de Middletown e Uptown deixaram de aparecer. Finnegan fazia o trabalho de coletar os impostos e os enviar para Uptown. Tentaram mandar homens à Middletown para uma nova negociação mas nenhum deles jamais retornou. As ligações de Downtown com o mundo exterior foram cortadas.

Por fim, possuíam ali uma fábrica de velhos. Mas velhos que passaram a crer numa fantasia a ponto de transformá-la em realidade. Sabiam que era produto de mentes esgotadas. Passar a acreditar num Peregrino que viria para lhes resgatar a honra e ir em busca das crianças perdidas era uma tentativa vã de se manterem ativos. De se manterem vivos crendo em uma coisa que os alimentava ano após ano.

Doc se encolheu sob a janela. Os olhos aterrorizados viram o que jamais pensaram ver um dia. Os delegados eram assustadores. Um deles, humano por fora, quem dirá o que o recheava? Outros dois tão estranhos que as pernas começaram a tremer. Não eram humanos, não eram animais, não eram vegetais... O que eram essas coisas?

O Xerife estreitou os olhos. Assombrava-o a compleição dos homens (incomodava-o sobremaneira chamá-los assim). Um deles de meia-idade, tinha um rosto, exibia uma face. Olhos penetrantes, físico avantajado. Os dois outros vestiam paramentos que rebrilhavam dourados e prateados. Peças metálicas que se fundiam ao corpo, torcendo-se e retorcendo-se aqui e ali, ora penetrando no tórax, ora se avolumando nas costas, para depois contornar sinuosamente as pernas, uma e outra. Verdadeiras couraças. Rostos difíceis de descrever.

Engoliu em seco, apertou o rifle contra o próprio corpo enquanto aguardava a passagem deles. Temia esboçar qualquer reação antecipada que o tornasse presente. Temia ser visto. Temia ter que cruzar olhares com essas coisas.

Trevis estremeceu. Como não tremer diante de monstros? Abutres esvoaçavam ao redor dos que poderiam ser chamados de Cavaleiros do Apocalipse. Vê-los o assustava sempre, mesmo já acostumado. As figuras tenebrosas causavam-lhe profundo terror. Faziam com que se lembrasse dos raptos, dos ataques mortais que dilaceravam carnes, que ceifavam vidas.

E eram muitos. Não pôde contá-los, mas passavam de uma dezena. Acompanhavam os delegados, às vezes voando tão próximos que pareciam todos um único corpo. E chamou-lhe a atenção, nos delegados, os olhos de vidro, alongados, que iam e vinham num zunido baixo, como lunetas. Orelhas metalizadas sem orifícios por onde ouvir. Dois deles não possuíam nada que os fizessem se assemelhar a homens. Eram coisas para as quais não encontrara uma definição adequada. Lábios protuberantes de onde matraqueavam estalidos. Todos emitiam o mesmo estalido, o mesmo matraquear.

Sentados eretos sobre os cavalos. Cavalos... Fez um rápido sinal da cruz ao examiná-los melhor. "Nossa" pensou. "Minha nossa" repetiu baixinho, afogueado, coração aos saltos.

Gordon enxugou o suor da testa com as costas da mão. Abandonou o revólver no chão por um segundo, apenas. Estava espremido entre a cadeira e a vidraça. Sentado sobre os calcanhares sob as letras "iro" de "barbeiro". Observava o final da rua, por onde avançavam os delegados.

Nunca fora um homem dado a tiroteios. Sempre fora o primeiro a se jogar ao chão sob as cadeiras da barbearia. Nunca o incomodou ser chamado de covarde. Preferia ser um homem vivo que ser um herói ou curioso morto. Mas desta vez foi impossível ficar de fora do que ocorria. Uma ordem imperativa que lhe brotava no peito o obrigava a empunhar o revólver e participar do duelo. Qualquer que fosse o resultado.

Incapaz de impedir o suor que o encharcava, fixou os olhos nos cavalos incríveis. Dois deles pareciam comuns. Nestes tempos nada mais parecia comum. Não havia como crer que sob um cavalo normal se escondesse mesmo um cavalo normal. Mas o outro nada escondia. Não temia se apresentar como fora criado. Assombravam-no as obras de incrível engenharia que Uptown desenvolvia. Admiravam-no mais do que o assustavam.

Pernas metálicas cujas ondulações imitavam músculos poderosos de coxas. Ventre multifacetado exibindo metais de diferentes tipos e espessuras. Pequeníssimas canículas se entranhavam no corpo fenomenal, conduzindo algum tipo estranho de seiva amarelo-esverdeado. A cauda era recoberta não por pelos, mas por finíssimas lâminas que refletiam a luz solar em tonalidades variáveis. A cabeça possuía uma magnífica elaboração onde era evidente o trabalho de um artista na modelagem do ferro. Focinho proeminente, metálico. Boca com dentes pontudos de onde estalavam e matraqueavam estranhos ruídos. Olhos bi-oculares, um deles estendido alguns centímetros para frente, outro recolhido. A crina era formada por finíssimos fios metálicos que se moviam como as ondas na superfície de um lago.

Vinte centímetros maior, no mínimo, que os demais. Pisoteava o chão como se quisesse afundá-lo, deixando atrás de si pequenas crateras. Bufava, porque cavalos bufam e relincham, mas era diferente. Irritante, como peças de metal raspando umas nas outras.

Não atiraria nesse. Não teria coragem.

Os três delegados pararam diante do Peregrino. Vinte metros de distância. Olharam-se todos, olhos nos olhos. Abutres lançaram-se para o alto, distanciando-se da iminente confrontação. Não houve conversas. Pareciam estar lá com uma missão específica: derrubar quem estava criando problemas. Retirar obstáculos, reabrindo a vazão de impostos para Uptown, que havia sido interrompida com a morte de Finnegan. E sabiam a quem procurar. Sabiam que aquele homem na rua diante deles, sob o sol escaldante, era o objetivo.

Então armas foram sacadas e começou o tiroteio.

O Peregrino se manteve quieto. Quase podia ver as balas zunindo, vindas de todos os lados, rompendo vidraças, arrebentando persianas. Os delegados sacudiam sobre os cavalos, acusando os impactos.

Fora um imprevisto, mas não para ele que já notara a movimentação ao largo. A ingerência direta dos moradores demonstrava que muita coisa havia mudado em Downtown. A era de passividade acabara. Surpreendera-se com o fato de ter descido tão rápido e se colocado em confronto com eles. Não decidira por aquilo. Pelo menos não de imediato. Pretendia ver o pavor correr pelas ruas antes disso. Ansiava por essa emoção.

E essa ânsia o punha nervoso. Indignava-o essa emoção. Quem se daria por satisfeito assistindo ao pavor de inocentes? Todavia, mal podia se conter ante a possibilidade.

O delegado que parecia humano o era de fato. Seu corpo cravado de balas tombou. O próprio animal seguiu seu curso, caindo sobre ele, tripas de fora. O outro sacolejava, pedaços de chumbo quente ricocheteando no corpo metálico. O cavalo em que estava caminhou alguns passos trôpegos para frente, estrebuchou e caiu, esparramando-se na rua e fazendo-o cair também. O terceiro recebia os impactos sem desviar a atenção. Óculos fixos no Peregrino que não mexera um único músculo desde que os tiros começaram.

Então o Peregrino agachou-se num átimo. Sobre ele passou um abutre num rasante. O deslocamento de ar arrancou-lhe o chapéu, fazendo-o subir em revoluteios. O Colt cuspiu a primeira bala com ele ainda agachado, a arma até o momento no coldre, cinturão retorcido, boca do cano apontada para o alto. O abutre que o atacara foi se estatelar lá adiante, defronte ao banco, num baque surdo.

O segundo disparo atingiu o delegado que estava no solo, ainda se levantando. Uma bala nas costas. O terceiro disparo atingiu um dos ombros do delegado montado. O corpo torceu-se para um lado, um segundo disparo no ombro seguinte o colocou nos eixos. Os óculos se movendo erráticos. A mão direita indo rápida para o coldre, tentando sacar a arma. O quarto disparo o acertou no peito, fazendo-o tombar para trás, capotando sobre a anca do animal e indo cair no chão atrás dele.

O Peregrino ainda agachado, o chapéu no ar, embora com menos força, prestes a iniciar movimento descendente. Deu um quinto e um sexto tiros no peito do delegado, que tentava se pôr de pé. O sétimo disparo acertou a nuca do segundo delegado que também ia se erguendo. Uma placa inteira de metal foi arrancada de sua testa fazendo voar peças e parafusos. Ele desabou de bruços e ficou inerte. Os oitavo, nono e décimo tiros acertaram ambos os óculos e a boca matraqueante do terceiro delegado. Tombou novamente com a cara no chão. Morto, afinal.

O Peregrino se levantou, deu dois passos para frente e pegou o chapéu antes que chegasse ao solo. Tirou a mão da coronha, relaxando o coldre e o cinturão. Olhou para o cavalo que restava em pé, inquieto, batendo os cascos metálicos no chão. Os demais abutres voaram para longe, distanciando-se. Não ousaram novo ataque.

O cavalo avançou devagar. Desconfiado, batendo os cascos, soltando relinchos curtos, quase estertores metálicos. Deixou que se aproximasse até ficar a poucos centímetros. Foi tocado de leve pela narina, sentiu o ar quente de odor repugnante que brotava dela. Os óculos do animal se moviam alternadamente, pareciam medir o estranho homem que estava à sua frente. Após alguns momentos de alternada avaliação, o cavalo abaixou a cabeça, rendendo-lhe submissão.

Pouco a pouco os homens da cidade foram saindo. Nervosos e tementes de início, mas logo tomados pela euforia. Haviam participado do tiroteio mais importante que já se tivera notícia e contribuíram para a morte de três delegados de Uptown. O fogo cruzado não fizera vítimas, embora muitos mentissem de pés juntos que vários balaços explodiram bem próximos deles.

A cidade mergulhou num festival de tiros, dados a esmo para cima, numa festividade que há muito não se via. Sentiam-se vitoriosos e o eram de fato. Derrotaram Uptown num duelo de iguais. Viram simbiontes caírem, derrotados pelo homem que agora já chamavam abertamente de Peregrino. E olhavam-no com tanta adoração que prontamente se sacrificariam por ele se fosse necessário.

Tinham acabado de viver uma epifania.

Capítulo 12

O Peregrino viu uma multidão à sua espera.

Reuniram-se em grupos para limpar a rua dos corpos e destroços espalhados. Jogaram os dois delegados simbiontes e o abutre junto aos restos do primeiro. Pensavam fazer uma fogueira, bem fornida. Quem sabe o calor derretesse as monstruosidades, embora tivessem dúvidas quanto a isso.

Quando terminaram, reuniram-se num dos saloons para comemorar. Nem todos foram para lá; Trevis voltou para casa. As mãos tremiam de ansiedade. A cabeça dava voltas e voltas, rememorando cada detalhe, cada disparo, cada bala que atingia o alvo ou não... Não tinha como saber se acertara um único tiro, tantos disparos foram feitos. Mas sabia e sentia, mais que tudo, que participara de um momento histórico.

John Doe estava lá, e parecia preocupado. Procurara se esconder no estábulo momentos antes do confronto. Embora tivesse assistido alguns tiroteios onde Finnegan sempre saíra vencedor, o que se sucedeu na rua principal era imperdível, por mais que fosse arriscado assisti-lo. Assim, saiu da proteção em que estava e se esgueirou pela rua, procurando colunas onde se proteger.

Ao sair do estábulo encontrou Trevis acocorado num canto, rifle nas mãos. Não foi visto quando se escafedia. Tentou acreditar que fosse participar do tiroteio, mas achou isto tão estranho e remoto que logo abandonou a ideia. Não acreditava que qualquer um na cidade fosse temerário o suficiente.

Assistiu a entrada dos delegados e viu o forasteiro em pé, aguardando-os. Era uma demonstração de coragem ou de loucura tão grandes que duvidava mais ainda daquele homem. Só podia ser um deles.

Foi surpreendido quando os disparos se iniciaram, porque nenhum era do forasteiro e dos delegados. Estes permaneceram com as armas nos coldres, estáticos. Os disparos vieram todos das laterais das ruas; janelas e portas que escondiam moradores audaciosos. Inclusive Trevis que, duas dezenas de metros atrás, puxava o gatilho do rifle. As balas silvando próximo dele.

Apesar de muito assustado, não temia pela própria segurança. Estava envolvido demais, excitado demais, maravilhado demais para ter preocupações. Viu um dos delegados desabar, varado de balas. Viu o outro sendo jogado ao chão pelo cavalo moribundo. E viu um abutre vindo lá de cima, num mergulho incrível, às costas do forasteiro, pronto para trucidá-lo. O forasteiro se agachou, antecipando o bote de maneira surpreendente. Como quem soubesse de antemão que o ataque ocorreria.

Nenhum homem teria essa capacidade. Finnegan, a quem aprendera a admirar e a temer, também não. O abutre se estatelou do outro lado da rua, derrubado por um tiro certeiro. O estranho atirava em sucessão espantosa sem tirar o revólver do coldre.

As pernas tremiam quando retornou ao estábulo. Perdera a conta de quantos disparos foram feitos, mas excederam todos os seis que o Colt poderia ter dado. Aquele homem não era comum e a sua arma também não. Tomou fôlego, bebeu água e se recompôs.

– Eu assisti a tudo. Estive lá fora.

– Não devia ter feito isso. Arriscou-se muito. – admoestou-o Trevis.

– Vi todos dispararem nos delegados. A cidade inteira.

– Pelo menos os que margeavam a rua principal. Também me surpreendi.

– Esse homem... Ele...

– Ele é o Peregrino, John.

John ergueu os olhos para Trevis. Olhou-o demoradamente.

– Esse Peregrino que falam às escondidas, que murmuram pela cidade... Esse Peregrino não existe.

– Existe, John.

– E ele vai em busca das crianças perdidas, não é assim que dizem por aí?

– É o que dizem por aí.

– Ele não é um homem. Um homem comum não faz o que ele fez. Ele é cria de Uptown, como todos os de quem a cidade tem medo. Finnegan jamais teria saído vivo de um confronto desses. Ele, por mais forte, rápido e inatingível, nunca escaparia são do duelo.

Trevis ficou calado. O menino poderia ter razão. O forasteiro, a quem chamavam de Peregrino, podia ser um simbionte. Mas até que ponto isso seria ruim, se acabasse por redundar no que era certo?

– Não sei se vou aceitá-lo, Trevis. Não sei se devo aceitá-lo.

– Faça o que quiser, garoto. Simbionte ou não, é o único que enfrentou nossos inimigos. E de peito aberto. E os venceu. E nunca matou um que fosse inocente, embora ninguém nesta cidade o seja. Se não quiser aceitá-lo, não o aceite. Isto não vai mudar o destino de todos nós.

– E aposto que está lá no Saloon agora, enchendo a cara de bourbon, uma das coisas que faz melhor.

– Errou desta vez. Está com Martin, o Xerife. Escutando a história da cidade.

– O do roubo das criancinhas... – O tom de Doe era irônico.

– Não acredita nisto também, não é? Só porque andou por aqui, cometendo furtos quando tinha seis anos e não foi pego, então acha que é mentira.

– Não acho nada.

– Na sua época todas elas já haviam sido levadas embora. Você é uma improbabilidade imensa. E quando soubemos que Finnegan o carregou para o Posto de Trocas ficamos inicialmente preocupados. Depois nos tranquilizamos quando vimos que não foi enviado para Uptown. Você é um sortudo.

– Agora toda a cidade acha que ele vai sair atrás dessas crianças. Eu acho que vai se meter no quarto da estalagem e beber até cair.

Trevis mordeu os lábios. O Peregrino poderia fazer qualquer coisa. Beber ou peregrinar. Ou ambas as coisas. Ainda estava agitado demais para raciocinar com clareza. Sabia apenas uma coisa: Downtown nunca mais seria a mesma. Esta tarde fatídica marcava definitivamente o destino de todos. Com o Peregrino saindo dali ou não, dias negros adviriam.

Deixou Doe com todas as dúvidas e foi lavar o rosto. Tirar o suor que ainda lhe escorria. Lavar as mãos e tentar diminuir o cheiro de pólvora nelas. Não era comum, principalmente àquela hora, mas bebeu um gole generoso de uísque. Isso ajudou a limpar sua mente. O suficiente para fazê-lo despertar para o fato de que Downtown estava ficando pequena demais, estreita demais.

Talvez fosse necessário ir tomar outros ares.

Olhou para o delegado, mas os olhos o perpassavam, venciam os escombros da delegacia e iam repousar longe, numa colina distante, para além da Garganta do Enlouquecido. Quase podia-se ver descendo a trilha íngreme, nu e maltrapilho.

Estava agora sentado numa cadeira. Vestia roupas decentes. Progredira, era certo. E pretendia progredir ainda mais. Não nascera na caverna para o anonimato.

Os lábios do delegado contavam uma história antiga, sobre crianças que foram raptadas sob condições revoltantes. Parece que a cidade sobrevivia apenas para o dia em que essas crianças fossem resgatadas. Mas o quê! Tanto tempo havia passado... Essas crianças, se vivas, estariam adultas. Algumas tão velhas que sequer se lembrariam de terem sido capturadas um dia, outras mortas e enterradas, com lápides tristes sobre os túmulos.

Via o delegado tagarelar. Sobrancelhas grossas e brancas. Olhos de um castanho claro quase verde, contornados por rugas intensas. A pele cansada, sulcada por vales profundos. As mãos manchadas, dedos de unhas amareladas pelo fumo. Imaginava-o com noventa, pelo menos.

Queriam então que fosse em busca das crianças perdidas. Imaginava o que faria quando chegasse ao destino (se aceitasse a incumbência) e perguntasse por elas. Quantos rostos despencados pela idade se ergueriam, denunciando um ou outro. Mas também imaginou o que receberia em recompensa se fosse bem sucedido. Pensar no ouro das minas de Dinger o animava.

Coçou o nariz. Via o delegado falando e falando. Não tinha tempo para ele, nem para os problemas da cidade. Incomodava-o o fato de outros delegados virem para enfrentá-lo. Incomodava-o também a ideia de buscar por crianças que haveriam de ter morrido há tempos. Mas Downtown era uma cidade chatíssima. Fora a recente ambição pelas minas, nada mais o prendia por lá.

– Eu vou – disse o Peregrino, calando o Xerife.

As vozes iam à altura, uns querendo falar mais alto que os outros. As garrafas também se multiplicavam nas mãos das pessoas e sobre o balcão. Agitadíssimos, todos, na euforia de uma batalha vencida. Cada um contando a sua história, pelo seu ponto de vista, sempre melhor e mais detalhada que o ponto de vista dos amigos. De como disparara o revólver ou rifle, com firmeza e pontaria espetaculares. De como vira as balas perfurarem corpos de gente e animais, fazendo-os tombarem, mortos. Homens, todos eles, porque as mulheres não frequentavam saloons – mesmo as que se postaram detrás de alguns postigos e abriram fogo contra os delegados que chegavam à cidade.

Muitos de Downtown não participaram do tiroteio, e não por se acovardarem. Moravam em ruas transversais e não possuíam visão da rua principal. Mas a cidade inteira exultava como se todos, sem exceção, tivessem participado da refrega.

Pouco a pouco os homens no Saloon foram diminuindo a euforia. Demonstravam um lento ar de preocupação. Um a um deixando o local. Saíam para a rua, começando a procurar os cavalos. Os que estavam a pé corriam até suas casas para buscarem as montarias.

Começava uma espécie diferente de frenesi. Todos agitados, segurando os chapéus, enquanto procuravam montar, enchendo a rua defronte ao Saloon de cavaleiros ávidos por algo que Downtown não lhes poderia mais oferecer. Todos passaram a sentir que precisavam de novos ares. A cidade começava a lhes parecer tão pequena, tão estreita e tão desconfortável.

Quando o Peregrino saiu à rua, vindo da delegacia, viu uma multidão à sua espera. Todos montados, todos impacientes, querendo ir a algum lugar, qualquer lugar, menos ficar em Downtown.

2º Ciclo

"Crianças são melhores
do que chapéus de couro de antílope."
Tom Swift - 1877

Capítulo 13

Só o pó se agitando, muito, muito longe dali.

Mogul os viu ao longe. Como formiguinhas distantes, pequeninas. Estremeceu as bases fazendo rolar pedras nas encostas. Ria-se da presunção dos homens que, insignificantes, acreditavam ser sábios. Sabedoria era nada a não ser o pó que alça voo, subindo acima das mais altas escarpas. Sabedoria era o corcovear pétreo pelas planícies, percorrendo distâncias impensáveis. Mas fazendo-o em tempo ínfimo como se espaço nada mais fosse que um diminuto hiato entre dois pontos. Mogul nascera antes de qualquer homem. Assistira ao surgimento da vida.

Sua imponência era indiscutível. Sua antiguidade também. Exibia vasta cabeleira branca a lhe cobrir como um manto sagrado. Estava e não estava, era e não era. Continha os viajantes ou lhes dava guarida. Abria-lhes passagem ou os soterrava. Mas não por mero capricho ou veleidade; sabia o que procuravam, sentia suas necessidades. Agia com eles da mesma forma com que agiam uns com os outros.

Mogul era magnânimo. Diversas formas de vida corriam pelas encostas. Escondiam-se nas reentrâncias de seu vasto corpo ou por entre as bétulas, os plátanos e os ciprestes. Acompanhavam-no excitados nas andanças. Convivia com eles, permitindo que conduzissem a própria vida da maneira que melhor lhes aprouvesse, assistindo-os na luta diária pela sobrevivência.

Um suspiro fez uivar o ar em volta. Fios da branca cabeleira esvoaçaram. Mata rasteira se curvou à força do vento. Observou mais uma vez ao longe, na direção das formiguinhas que vinham em sua direção. Ponderava se as permitiria se aproximar, ou não. Enquanto meditava, ia se afastando.

Quase uma centena de homens o seguia. O Peregrino vociferava revoltado pela companhia não solicitada e pela responsabilidade que lhe recaía sobre os ombros. Estava tão interessado na história lacrimosa que lhe contaram quanto na companhia de qualquer um dos que o seguiam. Pensava em recompensas. Sentia na alma a necessidade de prosperar. De fazer poucos dólares se transformarem em muitos. Mesmo que às custas de algumas crianças.

Lembrou-se da velhinha, quando ela fora à hospedaria. Que o havia nomeado de Peregrino. Talvez repousasse sobre ela toda a responsabilidade pelo que acontecia. Sobre os homens pendurados em seu ombro. Se tivesse recusado a visita, muitos problemas teriam sido evitados. Mas a correnteza não rugiu. Sempre a correnteza, a orientá-lo, a conduzi-lo.

Trazia no alforje umas garrafas de bourbon. Não tinha certeza para onde ia. Nenhum dos homens que o seguiam o interpelara desde que saíram. Nenhum deles indicou caminhos ou alternativas. Só o seguiam. Vez ou outra um cochicho. Não precisava voltar os olhos para saber que o temiam ainda mais naquele momento. Se eles não compreendiam o que ocorrera no duelo – por mais que isso os tivesse feito pular de alegria –, conseguiam menos ainda aceitar que estivesse sobre um cavalo simbionte.

Carregava consigo uma infinidade de perguntas para as quais não tinha respostas. Não compreendia o Colt nem seus poderes mágicos –, porque só podiam ser mágicos – nem as coisas contra as quais combatera, nem a correnteza, nem ter despertado na caverna após um tempo desconhecido de tempo.

Trevis estava no meio de todos, cercado de cavalos e cavaleiros suarentos. Acompanhava o ritmo, sentindo grande incômodo. Quanto mais se afastavam, mais esse incômodo ia diminuindo, como se Downtown provocasse nele grande sentimento de perturbação.

Passara rapidamente pela casa de Martha. Precisava se despedir. Vira em seus olhos um brilho que há muito não via. Uma esperança tão intensa que se tornava quase palpável. O mesmo brilho se repetiu nos olhares de outras mulheres, todas confiantes, entusiasmadas. Fazendo planos para o retorno das crianças. Ele mesmo procurava se animar com isso.

Desde que foram embora, roubadas, a cidade morrera. Iam vivendo uma vida sem propósitos, cada um aguardando o momento em que os corações parariam de bater e fossem então deitados num caixão para o descanso eterno.

Foram incontáveis anos de espera. Já iam perdendo as esperanças quando surgira esse último com o Colt fabuloso. Havia um quê de familiaridade em toda a história, mas não poderia dizer até que ponto isso era verossímil. Uma impressão vaga, fugidia, de que tudo era familiar.

Tentou olhar para trás, para além das cabeças que lhe interrompiam a visão. Downtown ainda era visível. Construções envelhecidas que se confundiam com o cenário, fazendo parte dele.

Ficara para trás. Trevis havia insistido muito. Dissera que essa não era uma viagem para crianças. Dissera que apesar de ter 12 anos, o risco de ser raptado ainda existia. Que Downtown era o lugar mais seguro de todo o Oeste para estar naquele momento.

Prometera que cuidaria do estábulo, mas não havia do que cuidar. Não havia cavalos. Todos retirados pelos proprietários para a viagem à Middletown. Apenas o negócio estava sob seus cuidados. Paredes de madeira, ferramentas, ferraduras, prateleiras, cochos e mais nada.

Estava entediado. Acompanhou o grupo com os olhos enquanto se afastavam, vendo o pó que erguiam. Pegou um formão e um martelo, seguindo uma ideia que lhe ocorrera na hora. Correu até os abutres e delegados jogados uns sobre os outros e começou a trabalhar. Algumas marteladas e puxões e logo tinha nas mãos um dos óculos. Colocou-o diante de um dos olhos e, manuseando-o, descobriu que lhe permitiam enxergar muito além do que os próprios olhos eram capazes. Eram retráteis e enquanto os estendia ou retraía, as imagens distantes ora se aproximavam de forma surpreendente, ora se distanciavam.

Tentou alcançar o grande grupo que se afastava, mas mesmo com esse recurso só pôde identificar uma quase imperceptível agitação de pó muito, muito longe dali. Um bom tanto distante do caminho que encetaram quando saíram da cidade.

Retornou ao estábulo. A cidade estava quieta, fora praticamente abandonada pelos habitantes. Ficaram lá as mulheres, os velhos demais e os incapazes. Chutou uma ferradura e praguejou. Lembrou-se do cavalo de Finnegan. Estava nos fundos do estábulo. Descansado e bem alimentado. Patas firmes. Um animal bastante jovem, com vigor. A droga de cidade era pequena demais para ele. Sabia disso desde que o enfrentamento com os delegados acabara. Sentia-se mal ali, desajustado, incomodado. Mas prometera a Trevis. Prometera que não iria junto. Pretendia obedecer à sua palavra.

Montou. Deu as costas para a cidade e apontou com o cavalo na última direção em que viu o grupo tomar. Eles iriam à frente, ele manteria distância segura. Aceleraria no início até que seu óculo especial o permitisse identificá-los. Reduziria a marcha, então, e iria em seu rastro. Estaria mantendo a palavra, enfim. Não iria junto, mas algumas centenas de metros atrás.

O Peregrino pegou uma das garrafas de Bourbon do alforje a arrancou a rolha com a boca. Deu um bom gole. Prosseguiu bebericando por algum tempo e voltou a guardar a garrafa. Sentiu a correnteza se agitar levemente e parou. Todos pararam. Voltou-se, olhou para o horizonte com atenção; procurava algo indefinido, uma coisa que tivesse agitado as águas. Sabia que estava para lá, bastava procurar. Então enxergou o que a correnteza o alertava. Um garoto montado em trote acelerado, vindo na direção deles.

Moleque enxerido! pensou, rangendo os dentes.

Capítulo 14

Chorou à margem do rio.

Já haviam feito duas paradas. Em ambas, os velhotes se puseram a remexer nas sacolas, de onde tiravam algum mantimento. As colinas que buscavam pareciam não ficar mais próximas. Apontavam distantes, ondulando no horizonte, quase misturadas à bruma. O Sol já completara dois terços de curva no firmamento, mais algumas horas e anoiteceria.

– Serve para alguma coisa além de montaria? – Trevis arriscou a pergunta, mantendo uma distância segura do Peregrino, que estava em pé ao lado do cavalo simbionte. Passava as mãos pela crina, sentindo o metal suave escorrer por entre os dedos.

– Ainda não sei. Mas é vigoroso e não parece precisar de água ou alimento. – respondeu, embora preferisse se manter calado. A presença daqueles homens todos o enervava.

– Fico admirado em ver como o aceitou.

"Os iguais se aceitam", pensou o Peregrino num relance, lembrando-se da conversa com o delegado no Saloon.

– Está me sendo útil.

– Vamos encontrar as crianças! – Havia no olhar de Trevis uma certeza inabalável. Afirmava isso com ênfase.

– Crianças? – O Peregrino se calou por alguns instantes. Olhava Trevis com curiosidade. Quantos anos teria? Talvez oitenta? – Sim, claro. As crianças... Ou o que tiver sobrado delas.

Trevis franziu o cenho, intrigado.

– Você sabe alguma coisa a esse respeito que desconhecemos?

– O que sei é que a correnteza me manda continuar. E é isso o que farei. Quanto a vocês, façam o que quiserem, mas não me atrapalhem.

Não havia onde prender os cavalos então amarraram as rédeas umas nas outras de maneira a formar grupos de animais de oito a doze cabeças. A água estava acabando e precisavam achar mais no dia seguinte. Não havia cacimbas na planície e os poucos riachos corriam para qualquer lado, mudando de direção de uma hora para outra. Com sorte tropeçariam numa.

Ajeitaram-se no chão. Um ou outro se distraía tocando gaita ou flauta. Fogueiras foram acesas. Escolheram entre si os que, em turnos, cuidariam da segurança geral, e foram adormecendo pouco a pouco.

O Peregrino, um pouco afastado, observava a noite, reparando que os abutres tinham luz própria. Era possível vê-los no alto, riscando o céu. Bebeu o bourbon com parcimônia. Sentou-se apoiando as costas numa rocha e relaxou. Não estava com sono e não pretendia dormir... Pretendia passar a noite acordado. Mas a correnteza o chamou para profundidades mais densas.

O rio era largo o suficiente para desestimular tentativas de travessia. Estava na margem, observando as águas turvas correrem agitadas pelo leito. Chegara há pouco da cidade. Viera em busca de um rifle. Voltou-se e viu a residência cujas paredes brancas pareciam refletir a luz do sol. Dois andares. Uma varanda generosa com plantas. Embaixo, no alpendre, cadeiras. À frente, um jardim bem cuidado com glicínias e hortênsias.

Entrou na casa com alegria. A sala estava arrumada. Móveis distribuídos, ar fresco e delicioso cheiro de lar. O fogão à lenha na cozinha aquecia uma panela. Um ensopado com carne de coelho. Tinha um trabalho importante, investimentos vultosos, perspectivas excelentes e uma mulher que o amava mais do que a si mesma.

Foi à sua procura no andar superior e a encontrou na cama. Deitada junto a outro homem. Faziam amor de uma maneira selvagem que nunca, jamais, fizeram juntos. Mordiam-se, unhavam-se e penetravam-se com uma rudeza chocante. Perdeu o controle e empunhou a arma que jamais usara senão para treinos de tiro ao alvo. Gritou tão alto quanto seus pulmões o permitiram. Os amantes saltaram da cama e olharam para ele, assustados. Foram baleados.

Depois achas incandescentes fizeram o resto do serviço.

As costas suadas do animal lhe empapavam as calças. Ia margeando o rio, em busca de um ponto mais estreito onde pudesse arriscar a travessia. O corpo estava dolorido, músculos tensos. A pele enegrecida ao redor dos olhos, chamuscada por labaredas indóceis. Ao longe, uma coluna de fumaça negra ia subindo para o céu.

Menos de trinta jardas. Calculou a profundidade em não mais que quatro ou cinco pés na parte mais funda. Acariciou o pescoço de Redflag, seu cavalo, e incitou-o a avançar sem temer as águas. Sentia-se angustiado, apavorado, raivoso. Atravessaria o rio e iria para o norte, na direção da estação Silver Raid onde tomaria o trem que faria a viagem inaugural. Não tinha tempo para ir até a próxima ponte.

Calculou mal a profundidade. Redflag perdeu a pisada, sendo arrastado pelo turbilhão. Ele caiu, vendo-se obrigado a nadar desesperado, tentando atingir a outra margem. Gritava pelo cavalo enquanto engolia água e dava braçadas nervosas na tentativa de se salvar.

Mas ninguém pode vencer a correnteza.

Atingira a margem oposta com muito sacrifício. Viu Redflag desaparecer nas águas impetuosas, tragado para o fundo do rio. Chorara na margem, socando a lama com ódio. Perdera nesse dia tudo o que mais amava: a mulher e o cavalo. Casas ele poderia construí-las aos montes com o dinheiro que ganharia nos investimentos. Odiou o rio, odiou a correnteza.

Ergueu-se e seguiu a pé, consumido pelo ódio, profundamente atormentado. Chegou à estação. Entrou no vagão quando o trem já saía. Esqueceu-se do bilhete e ninguém se opôs à sua entrada. Jamais seria enganado novamente e jamais veria mais uma vez qualquer coisa que amasse ser vencida pela correnteza de um rio.

Então o trem começou a chacoalhar. O ar a ficar mais denso, uma luz intensa explodir, consumindo tudo e todos. Ouviu o bramir de águas distantes, a correnteza furiosa vinha arrastando tudo à sua volta.

Capítulo 15

O latejar da rocha era o próprio latejar da morte.

Acordou com gritos. O Sol ainda nem aparecera no horizonte. Os velhotes estavam agitados, corriam e se entreolhavam espantados. Ele bocejou. A correnteza tão calma, tão pacífica, que fosse o que fosse não o interessava demasiado. Talvez como curiosidade. Levantou-se e, embora nada houvesse ali que o fizesse temer pela própria segurança, fez uma extraordinária constatação.

Erguia-se diante deles uma montanha escarpada de elevados cumes, todos cobertos por um manto nevado. Foi impossível não pender o queixo, mais que admirado, atordoado. Pois que se deitaram ao cair da noite e estavam todos em meio à planície, cercados de nada a não ser a vegetação rasteira típica e ressequida, pedras e cactos. As colinas ainda tão distantes, que mal e mal podiam ser vistas, confundindo-se com o horizonte.

E então acordavam ao sopé de uma montanha que surgira lá de maneira surpreendente. Era natural que todos se mantivessem preocupados, mas não ele, para quem coisas estranhas como aquela começavam a não perturbar. Montou no cavalo simbionte e se afastou da montanha o suficiente para poder vê-la com mais amplitude. Pôde, assim, identificar eventuais passagens, gargantas ou estreitos por onde o numeroso séquito de velhotes poderia segui-lo.

– Não pretende escalar a parede desta montanha, pretende? – perguntou Doc ao Peregrino, quando ele se aproximou do grupo.

– É loucura! – exclamou outro.

– Seremos esmagados – ciciou alguém com voz tímida.

– Não pretendo voltar para Downtown e me parece que contornar essa formação nos fará perder vários dias – respondeu sem nenhum rodeio.

– Mas nossos cavalos não podem escalar essas escarpas! Nós mesmos não teremos forças para isso – demonstrava bom senso o barbeiro cujas mãos podiam, ainda, através da prática de anos, ser firmes no trato com barba e cabelo, mas que fracassariam estrepitosamente numa escalada em pedra nua.

Não havia passagens nem estreitos e a inclinação da montanha tornava qualquer avanço quase impossível. Mas não fora até ali para dar a meia-volta. Irritou-se. Pensou que seria bom se pudesse sacar o Colt e abrir com ele uma garganta por onde todos pudessem passar, mas entendia que isso seria, de todas as coisas fantásticas, a mais improvável. Era melhor ir circundando a montanha até que achassem uma passagem, que deveria existir; não podia crer que fosse um maciço impenetrável.

Assim, ajuntaram-se e foram atrás do Peregrino, que avançava cauteloso, preocupado com as alturas de onde podia vir rolando uma pedra qualquer, de tamanho suficiente para esmagá-los todos como profetizara um deles. Havia ângulos e proeminências que poderiam facilitar uma escalada, mas isso se fosse sozinho, sem aqueles velhos encarquilhados cujas rugas se despregariam nas rochas. Havia também o cavalo e não pretendia se desfazer dele.

Não foi necessário muito até que um deles, lá atrás, bem no fundo, gritasse, pedindo que parassem. Foi o que fizeram. Um após outro, de todos os que estavam ao fim da caravana, foram soltando exclamações de espanto, até que essas exclamações chegassem ao Peregrino. Os últimos as soltando sem nem saber por que, apenas imitando os que os precederam.

Esse parecia mesmo ser o dia das improbabilidades. Ao achegar-se ao último foi que viu uma rachadura na pedra nua, de largura suficiente para a passagem de todos, dois a dois, nos cavalos. Ela penetrava na montanha, cortando-a profundamente e fazendo das paredes superfícies quase lisas, como se fossem cortadas por uma faca afiadíssima.

Surpreendeu-o menos as características do estreito e mais o fato de estar ali, já que passara por ela minutos antes e nada vira. Era uma montanha de qualidades marcantes, muitas delas ainda a serem descobertas; disso tinha plena certeza. Não se fez de rogado, tomou à frente e foi entrando. Os demais não o seguiram de imediato, temerosos que da mesma forma que a passagem se abrira, pudesse se fechar assim que o último penetrasse. O Peregrino parou, olhou-os de relance e deu de ombros. Se quisessem segui-lo, que o fizessem e sem demora. Se pretendiam ficar para trás, tanto melhor. Preferia estar só a capitanear uma caravana de velhotes.

As imagens do rio caudaloso ainda não lhe haviam saído da memória. Acordara com o estômago embrulhado e a sensação de viver duas realidades distintas; mas comuns de certa forma. Não era a primeira vez que sonhava com trens, mas era a primeira em que se via com família, uma casa, um cavalo... Redflag. Lembrou-se do nome e sentiu um travo amargo na garganta.

Avançava montanha a dentro, mantendo uma distância razoável da primeira linha de cavaleiros que o acompanhava. O caminho não era reto, fazia curvas de um lado para outro, de forma que ninguém, a não ser ele, podia ver a rocha abrindo-se como manteiga, facilitando-lhe a passagem. Não se questionava a respeito, preferindo manter os pensamentos voltados para o sonho que tivera na última noite. Nem o incomodava a profusão de pequenos seres que pareciam brotar da pedra, afluindo com minúsculas perninhas mecânicas – já ia se acostumando ao termo – como se participassem ativamente do processo todo.

O cavalo simbionte ia em avanço constante, dando passadas ritmadas, com certa graça, como se treinado fosse para provas de destreza e obediência. Certamente não era um cavalo comum e não dava mostras de se incomodar com a montanha, embora de lá de trás ainda se ouvisse imprecações discretas.

Após o que calculou serem duas ou três dezenas de minutos, a trilha se abriu numa clareira ampla. Uma abertura circular de diâmetro razoável, onde todos puderam se estabelecer, mesmo que apertados uns contra os outros. Um excelente lugar para uma emboscada, muitos pensaram.

Dali via-se que as paredes laterais não iam às alturas, tendo parte delas pouco mais que três ou quatro metros, de onde partiam estratos outros de rocha que abrigavam vegetação. Sinal mais que claro que essa montanha não era um monte sinuoso encimado por neve, mas formações rochosas alternadas, cada uma delas com dimensões próprias.

E com vida própria, constataram com perplexidade, já que algumas cabras se equilibravam em fendas aqui e ali, olhando-os com igual curiosidade, como se vissem tais seres estranhos pela primeira vez.

Não havia muito a decidir, uma vez que a estreita garganta continuava do outro lado, levando-os para destino ignorado. Mas a existência dessa clareira dava-lhes a oportunidade de uma parada para respirar e descansar os cavalos que de cansados nada tinham. Após alguns minutos reencetaram a caminhada, seguindo o Peregrino que, de tão à frente, mal viam a anca do animal simbionte numa curva ou outra. Até que não viram mais nada, a não ser a rocha, fechando-se diante deles, ocultando a passagem e os forçando a recuar em atropelo e aos gritos sob risco de esmagamento.

O Peregrino seguia ouvindo os balidos que ecoavam, reverberando pelas paredes rochosas. A montanha abrindo-se à sua passagem qual amante dadivosa. Ia pela rotina, trotando em pasmaceira. A correnteza rumorejando tranquila indicando-lhe a placidez da jornada até aquele ponto.

Não fazia ideia de onde iria parar, entendia que corria o risco de andar em círculos e acabar dando exatamente onde tudo começara. Mas apostava na boa sorte, assim como apostara no pôquer em Downtown e se dera bem. Tiraria uma quadra de ases, viesse ela de onde viesse.

Estava mergulhado em pensamentos, chapéu a lhe cobrir as sobrancelhas, boca espremida. Olhos acompanhando as canículas que entravam e saíam do corpo do animal, transportando um tipo de líquido qualquer. A rigidez do corpo metálico era suavizada pelo caminhar dócil, ondulante, que lhe dava a impressão de estar sobre um cavalo normal. Tinha certas vantagens, é claro: essa montaria não suava nem tinha moscas a lhe cercar a cabeça e o corpo.

Ouviu em meio aos balidos um rumor pedregoso. Parecia tremer ligeiramente o terreno. As paredes se rasgando num contínuo, o estrepitar constante, lascas de pedra espirrando para o chão, repicando nas pernas do animal. A correnteza dentro de si se agitou, erguendo ondas inquietas.

Ergueu o rosto, abandonando a posição silenciosa e contemplativa. Observou as paredes de rocha nua que exibiam ranhuras enquanto iam se alongando ao redor dele. Acima de tudo, além das altas paredes, lá em cima... Céu azul. Estava fechado numa impossibilidade, cercado pelo que não podia existir. Assistia a um fenômeno que violava toda e qualquer noção de realidade. E havia ainda os balidos, que o acompanhavam mesmo distante da clareira, onde as cabras se mantinham equilibradas nas fendas. Balidos ressoando no vão criado pelas rochas em movimento, abrindo-se dolorosamente. A correnteza cada vez mais intensa.

Seus sentidos se inflamando com a passagem cadenciada do tempo. O líquido que corria nas canículas da montaria ia se transformando do amarelo esverdeado para um tom rubro, sanguíneo. Foi quando sacou o Colt e quando as paredes ao redor dele foram tomadas por rachaduras verticais súbitas. Delas surgiram cabras esfomeadas, balindo em desespero, exibindo dentes metálicos.

O cavalo empinou bufando e relinchando. Sua cauda agitou-se. O Peregrino atirou uma, duas e três vezes. Em todas atingiu uma cabra. Mas a quarta, a quinta e sexta caíram sobre ele, cobrindo-o com seu peso e forçando-o a ir ao chão num grito contido de raiva, surpresa e dor.

Era muito exíguo o espaço para que pudesse se mover com facilidade. Não era possível manusear o Colt com a destreza necessária. Viu dentes matraqueando, batendo nervosos uns nos outros. As cabras tentando mordê-lo, ele tentando se esquivar. Puxou o gatilho a esmo duas vezes. Duas cabras baliram com força, estrebucharam e se derramaram no chão. A terceira mordeu-o no antebraço. As patas tentando se firmar em seu dorso. O cavalo simbionte agitou a cauda antes que o Peregrino tentasse, no alvoroço da dor, puxar mais uma vez o gatilho. A cabra que o prendia tão bem entre os dentes resfolegou. Sua boca se abriu devagar e dela se derramou sangue. Lâminas afiadíssimas estavam cravadas em seu corpo, numa sucessão numerosa. Algumas o atravessavam.

Um chute a lançou do outro lado do pequeno espaço que dividiam.

O Peregrino se levantou trôpego. Estava mais espantado que receoso. O ataque o surpreendera. Só então notou que a passagem atrás dele também estava fechada, o que o fez questionar silenciosamente o destino de todos os que o seguiam.

Verificou o antebraço e as feridas profundas que foram causadas pela mordida da cabra simbionte. Não brotava dele, porém, muito sangue. Ajeitou-se, passou a mão no cavalo, notando que as canículas ainda exibiam o líquido rubro. Deu-se conta de para quê serviam as lâminas que cobriam tão completamente sua cauda.

Antes de montar apontou o Colt para uma das paredes, contou até cinco e puxou o gatilho. No tempo exato de estilhaçar a cabeça de uma cabra retardatária que, acreditava, poderia surpreendê-lo num momento de relaxamento.

As paredes iam se fechando, fazendo o movimento contrário ao que fizeram inicialmente. Todos os cavaleiros, organizados de dois em dois, foram surpreendidos, sendo obrigados a recuar aos tropeços. O pânico era enorme, gritavam histéricos enquanto tentavam fazer os cavalos obedecê-los. Foram sendo empurrados para a clareira de onde vieram; alguns não tiveram tanta sorte. O som dos gritos de terror se confundindo com os de dor e o dos ossos estalando sob a pressão de milhares de toneladas.

Era um cenário de desespero, o fim do mundo invadindo as almas dos homens até aquele momento silentes, embora preocupados pelo inusitado da situação. Mas seguiam o Peregrino e isso lhes bastava como conforto contra quaisquer adversidades.

Verem o mundo se fechando ao redor, obrigando-os a recuar em condições nada propícias, os fez se encher de terror. O latejar da rocha em movimento de contração era o próprio latejar da morte. Foram sendo empurrados até se encontrarem de volta na clareira de onde saíram. Alguns com menos sorte foram engolidos pela rocha.

Os que agradeceram pela ventura de terem se escafedido da morte por esmagamento foram surpreendidos pela quantidade atordoante de cabras a cercá-los na encosta da clareira. Pouco menos de uma centena de homens aturdidos, observando a cena incompreensível.

Os dentes metálicos começaram a matraquear, mostrando que as cabras eram mais que animais inofensivos. Alguns, ágeis, sacaram os revólveres, outros, aparvalhados, nada fizeram a não ser observar.

Saltaram todas quase num único movimento, como uma onda de força avassaladora. Homens atiraram, tentando se proteger, não raro uns nos outros. As cabras simbiontes não eram indestrutíveis, ferindo-se, quando atingidas. Nem os homens o eram, sendo igualmente vítimas das mordidas que recebiam.

Deu-se a confusão. Homens caindo e saltando. Gritos, tiros e balidos numa confusão de sons. Metal entrechocando-se, fumaça e luta. Tudo era válido para a defesa. Socos e chutes quando os tiros se mostravam insuficientes. Comum verem braços arrancados, dedos perdidos, uma ou outra orelha misturada ao pó. Apesar da flagrante vantagem obtida com a surpresa, as cabras foram sendo vencidas. Pouco a pouco diminuindo em quantidade até que apenas algumas delas ainda persistissem entre homens combalidos pelo cansaço.

Um deles era Trevis. Acuado num canto, duas cabras que, mesmo feridas por balaços certeiros, ainda o cercavam, prontas para o bote derradeiro. Estava vencido e aguardava o momento em que os dentes metálicos o arrancariam desta vida. Lutara o quanto pudera. Dera tiros e desferira golpes a torto e a direito, afastando-as de si e dos amigos.

Aquele tipo de luta os esgotava em tempo recorde. Fora-se o tempo em que se digladiavam com as mãos nuas em torneios longos onde o cansaço nunca os derrotava. Não eram mais páreo para homens jovens e fortes. Nem para cabras simbiontes metade carne, metade metal, com determinação assassina e fome de sangue.

Uma delas saltou mirando seu pescoço, pronta para lhe arrancar a cabeça, mas foi subitamente desviada do curso por um balaço. A outra desviou a atenção, queria ver quem ousara. Em tempo de ser atingida em plena face. Dentes de metal explodindo para os lados. Trevis bafejou num estremecimento. Ergueu o rosto buscando o salvador.

Ele estava na borda do penhasco, num ponto mais baixo. Chapéu marrom puído que lhe trouxe uma ligeira sensação familiar, roupas sujas e em desalinho. De um dos olhos pendia um óculo, preso firmemente por um barbante. Agachado, olhando para baixo e exibindo um rifle que ainda expelia fumaça pelos canos. Reconheceu o chapéu como sendo seu. E também o jovem que o usava sem nenhuma cerimônia: era John Doe.

Capítulo 16

A Sala do Peregrino.

A agitação ia contaminando as ruas de Middletown. As pessoas ficavam cada vez mais tensas; mas era uma tensão discreta, disfarçada por afazeres diários. Um morador, esse já viciado pelos ares comuns da cidade, podia quase repartir no ar a preocupação que ia se alastrando. Homens e mulheres trocavam cumprimentos comedidos, leves movimentos gestuais, olhares rápidos. As mãos suadas, dedos trêmulos. Havia um consenso na cidade, mesmo que não declarado, da iminente alteração de rotina.

A cidade transpirava atividade comercial. Havia indústrias que se instalavam ao largo, ocupando grandes espaços da periferia. Iniciava-se uma lenta e gradual explosão tecnológica, que ia sendo implementada por Uptown. Acordos comerciais bastante vantajosos para ambos os lados. Esses acordos, porém, visavam a satisfação da classe dirigente, ignorando a população que era esmagada cada vez mais por impostos excessivos e cargas de trabalho escravizantes.

Uma multidão se espremia pelas calçadas, evitando as ruas onde veículos movidos por motores a combustão expeliam vapores fumarentos e mal cheirosos. Dotados por rodas, às vezes duas, outras três ou quatro e até cinco, como no caso de um curioso pentamóbile – como era chamado. As ruas não eram de terra batida como em Downtown. O calçamento era feito com pedras hexagonais desbastadas de tal forma que se encaixavam umas nas outras, formando interessante mosaico.

As construções alternavam casas térreas, ora comerciais, ora residenciais, e prédios com até quatro andares onde se acumulavam pequenos negócios, muitos deles irregulares. Os ares acima da cidade exibiam uma tonalidade acinzentada e não raro provocava nos moradores acessos de tosse e alguma constipação.

As indústrias, todas elas instaladas com mão de obra local, fabricavam uma série de artigos mecânicos cuja finalidade os empregados muitas vezes ignoravam. Era uma série infindável de montar, parafusar, arrebitar e embalar. As mais estranhas formas, muitas delas se assemelhando a insetos, répteis e outros que às vezes causavam mais temor que curiosidade. Caixas e mais caixas, lacradas, eram enviadas em carregamentos semanais para Uptown. Em troca, recebiam tecnologia para desenvolver os próprios veículos automotores, o sistema de iluminação que cobria a cidade numa teia bem urdida e extensa, por onde passava uma coisa chamada de eletricidade, capaz de oferecer claridade noturna parecida com a do dia.

Lâmpadas eram enviadas para Middletown de tempos em tempos, para que pudessem substituir as que se tornavam fracas e apagadiças. Recebiam também visitas regulares de delegados simbiontes para verificar o andamento das produções, coibir quaisquer tentativas de greve e impor novas e execradas exigências.

A última delas se referira a crianças. E desde então todas as que estavam com idade até doze anos foram encaminhadas para Uptown, para o que chamaram de treinamento e aperfeiçoamento em práticas laborais, comerciais e industriais, com o fim de retornarem à cidade, aptos a colaborar ativamente com o seu desenvolvimento.

Apenas crianças de delegados locais e dirigentes políticos foram poupadas, o que causou indignação em grande parte da população. Poucos, muito poucos, pouquíssimos conheciam a história que se contava como lenda, da cidade de Downtown.

E eram esses poucos, pouquíssimos, que começaram a fazer correr nas ruas da cidade um comunicado que conclamava os indignados cidadãos a se reunirem para discutir os interesses de cada família.

Monique Strombell inclinou a cabeça levemente, escondendo o olhar numa tentativa de não aparentar ansiedade. As penas do chapéu espalhafatoso balançaram, pendendo de um lado para outro enquanto ela torcia de leve a mão, empurrando com a ponta dos dedos um pequeno recorte de papel dobrado para as mãos suadas de Brett Bogart, que passava apressado por ela.

Brett girou o corpo, olhou para ambos os lados da rua, calculou o tempo necessário para atravessá-la sem riscos de um atropelamento, e disparou para o outro lado, driblando dois trimóbiles. Subiu na calçada ajeitando o chapéu que se deslocara para o lado e, numa curva, antes de entrar na chapelaria de Tom Swift, depositou o papel nas mãos distraídas do senhor Craig Burton, que pareceu nem se dar conta do fato.

Craig continuou parado diante da chapelaria, cumprimentando uns e outros que passavam, com leves e educados gestos. O sorriso era contagiante e eram raros os que passavam sem sorrir em retribuição. O pedaço de papel que tinha na mão passou quase num gesto de prestidigitador para as mãos também rápidas do jovem Patrick Antwitt, que manteve o ritmo da caminhada, atenção focada para frente como se procurasse com os olhos uma pessoa qualquer muito adiante.

Patrick era um talentoso escultor e recebia encomendas constantes de Uptown solicitando modelos metálicos de extrema precisão de animais, ofídios e, principalmente, gente.

Trabalhava incansavelmente, salvo quando estava à beira da exaustão. Era quando saía para dar longas caminhadas, alimentar-se e espairecer. Apertou o pedaço de papel na palma da mão, cruzou com várias pessoas até se deparar com a também jovem Anabella, cuja beleza há muito o conquistara. Aproximou-se dela e pegou em sua mão delicada, conduzindo-a aos lábios num movimento suave e educado. Roçou nela os lábios, aproveitando para ali depositar o pedaço de papel. Anabella sorriu em retribuição, demonstrando que sentia por ele as mesmas emoções que o afogueavam. Segurou o papel com discrição, girou o corpo fazendo o vestido rodar, e se afastou, não sem antes voltar o rosto e lançar-lhe um último e insinuante olhar.

Era cortejada por todos os jovens casadouros de Middletown, mas só tinha olhos para Patrick. Desde jovem se considerava prometida a ele, considerando os encontros às escondidas onde trocavam beijos calorosos e carinhos nada inocentes como contratos em diversas vias com o testemunho do Sol, da Lua, das estrelas e dos vaga-lumes.

Caminhou fagueira pela calçada ignorando olhares cobiçosos. As delicadas mãozinhas cobertas por finíssimas luvas de tule seguravam o vestido, erguendo-o ligeiramente a cada passo como se ensaiasse uma hipotética entrada na nave principal da igreja, indo ao encontro do escolhido diante do púlpito. Com a mesma leveza e encantadora figura foi que entregou o papelote às mãos do senhor Gregory, que o recebeu com uma mesura.

Assim o papel foi sendo passado e repassado de uma mão para outra, todos pertencentes a cidadãos de Middletown, cumpridores de deveres, exemplares membros da comunidade e pagantes de impostos, todos eles, os mais variados. Foram muitos, indo e vindo, entrando e saindo de estabelecimentos comerciais e residências, por muitas ruas, cobrindo praticamente toda a cidade.

Olhares discretos, sorrisos de canto de lábios, piscadas rápidas, sinais comedidos, narizes coçados, orelhas repuxadas, queixos acariciados, cabelos encaracolados em volta de muitos dedos. Gestos que acompanhavam cada passagem do papelzinho, que completamente limpo de manuscritos, cumpria uma função meramente simbólica. Era o recurso utilizado para dizer que haveria uma reunião ao cair da noite e que todos estavam convocados. Local já conhecido, uma vez que era para lá que se dirigiam quando precisavam trocar ideias: a chapelaria de Tom Swift, o líder da comunidade e principal mentor dos ideais de revolução.

Tom ocupava uma pequena mesa numa sala secreta – mas nem tanto – nos fundos da chapelaria. Sentado, quieto, olhando para a parede dos fundos onde uma foto já esmaecida mostrava um homem idoso rodeado por cabideiros, todos com chapéus dos mais diferentes tipos.

Nas mãos um modelo especial, abas largas, couro de antílope. Lembrava-se dele nas mãos do avô. O mesmo da foto. Fora fabricado numa série pequena, vendido para poucos felizardos. Ainda tinha um guardado nem lembrava onde. Talvez no baú da falecida mulher Rosalynn. Talvez numa das malas que largara displicentemente num dos quartos, jurando partir da cidade depois que ela se matara. Mas jamais conseguiu colocar um só pé para fora.

Cofiou o bigode pouco espesso e ajeitou o *pince-nez* no nariz estreito. Fez um muxoxo antes de retirar a cartola da cabeça e ajeitar o cabelo ralo. Não lhe restara muito mais a fazer do que conclamar os poucos lúcidos da cidade a reagir contra a ordem das coisas.

A chapelaria fora do seu bisavô, que o deixara para seu avô. Daí para seu pai e então para ele. Deixaria para o filho, como herança justa, se não o tivessem sequestrado sob o pretexto de prepará-lo para um futuro de glórias em Uptown.

O menino tinha então sete anos. Fora há seis que o levaram. Há cinco, Rosalynn estourara os miolos com uma pistola após reclamar o direito de ir vê-lo, direito esse recusado sistematicamente. "Ele está morto" ela disse certa vez. E não havia nada que pudesse lhe tirar isso da cabeça. "Ele morreu e não o querem admitir". "Meu filho está morto!" ela clamava pelos cantos da casa, não raro pelas ruas, fazendo coro a outras mães e outros pais tão desesperados quanto ela.

Tom a assistiu definhar pouco a pouco, sem muito a fazer, senão ir-se desmoronando como ela. Mas tinha uma chapelaria a cuidar. E chapéus, muitos deles, masculinos e femininos, dos mais diversos e variados modelos, para inverno e para o verão. Também alguns ideais para a primavera e o outono. Alguns que podiam ser prendidos ao casaco, outros amarrados às golas das camisas. Alguns com penas de pavão tão belas que chamavam a atenção por onde eram levados. Abas largas, abas estreitas, sem abas. Couro cru, tecido e até de papel. Com fitas coloridas, com monogramas e arabescos. Mas de couro de antílope, só um. E esse nem sabia onde metera.

Vira as crianças serem levadas em caravanas. Saíam da cidade sorrindo as que sabiam sorrir. Mas bebês de fraldas sujas também foram. Meninos e meninas, não havia distinções. Qualquer idade até os doze anos, depois disso eram poupados. Não entendiam os critérios e nem queriam entender. Por fim ficavam felizes por ainda permanecerem com os garotos adolescentes. Mas e o futuro? Como ficariam os dias vindouros? Pipocavam aqui e ali uma gravidez e outra. Bebês eram paridos nas enfermarias, nas casas, nos bosques...

Todos eles levados, sem reclamos. Impossível escondê-los, pois que eram logo descobertos e então capturados.

Instalara-se na cidade a indústria da delação. Perdera-se o respeito ao ser humano. Não havia mais amor e compaixão. Todos se preocupando em como levar vantagem nas situações. E delatar crianças rendia sempre um punhado considerável de dinheiro, pago pelas autoridades policiais da cidade, com recursos oriundos de Uptown.

Tom recolocou a cartola sobre a cabeça. Ajeitou novamente o *pince-nez* e girou a manivela do olho escondido. Uma pequena tela de vidro mostrava o movimento da rua no entardecer. Um óculo – como os dos delegados – estava disfarçadamente colocado sobre a porta de entrada. Girar a manivela fazia provocar uma quantidade pequena de energia num dínamo. O óculo reagia ao impulso elétrico e funcionava, vendo e mostrando o que via.

Gente apressada, indo para casa, jantar e dormir. Eventualmente sonhar com os filhos perdidos ou ter pesadelos pelos crimes e pecados cometidos contra os filhos dos outros. Policiais atentos passeavam sempre de um lado a outro, mas geralmente tão boçais que eram incapazes de detectar qualquer atividade considerada subversiva. Eles mesmos tiveram perdas e precisavam sempre medir a quem deviam mais temor. A si mesmos pela evidente destruição da autoestima ao coadunar com sequestros que levaram filhos próprios, ou dos delegados da cidade e de Uptown que sempre estavam por lá, portando armas precisas, exibindo couraças de metal instransponíveis.

Tom acreditava que muitos fechavam os olhos de maneira cúmplice a certas reuniões que ocorriam na chapelaria. E tinha razão.

As pessoas foram chegando devagar. Não podiam aparecer em grupos, pois chamariam a atenção. Um e outro entraram pelos fundos, aproveitando que suas casas faziam divisa. A sala não era tão grande que pudessem caber nela cinquenta pessoas confortavelmente instaladas, mas não tão pequena que mesmo se acotovelando, essas pessoas não pudessem ficar ali.

Um deles foi escolhido para cuidar do olho escondido, girando a manivela de quando em quando. Olhavam-se sorumbáticos. Nunca essas reuniões eram alegres ou movimentadas. Estavam lá com um objetivo bastante claro, embora não tivessem a menor ideia do que poderiam lucrar com aquilo, fora a satisfação de esmagar algumas cabeças. De preferência metálicas.

Poucos lá não foram direta ou indiretamente atingidos pela nova política de Uptown que de nova mesmo tinha pouca coisa, já que fora colocada em prática fazia seis anos. Encaravam-na como recente, porque as feridas se recusavam a cicatrizar.

Meninos e meninas, sem distinção. Mães enlouquecidas correndo atrás das caravanas e sendo obstadas por policiais compadecidos e delegados vis, que não hesitavam em puxar a arma e estourar algumas cabeças se isso fosse necessário para manter a ordem. Dessa forma, sem sabê-lo, alguns ficaram órfãos, enquanto iam para Uptown.

Todos dividiam dores, direta ou indiretamente, sobrando para poucos as dores dos outros, que as compartilhavam como bons amigos. Era duro ver a cidade sem crianças correndo pelas ruas e mais duro ainda ver filhos e filhas de políticos e autoridades salvos pela influência dos pais. Não raro eram alvo de atos preconceituosos. Não podiam admitir que uns fossem sequestrados e outros não. Não podiam permitir que passeassem livremente pelas ruas, incólumes, enquanto outras mães e pais derramavam lágrimas infindáveis pelos seus.

Alguns chegaram a ser apedrejados. Outros ofendidos e agredidos fisicamente. Cusparadas para todos os lados. Eram crianças também, mereciam a mesma consideração e a mesma dor, pois se via em seus rostos a expressão viva da incompreensão. Acreditavam-se salvas, mas condoíam-se pela ausência dos amigos. Por fim desapareceram, saindo das ruas e vivendo reclusas em suas casas, vítimas secundárias da política monstruosa de Uptown.

Uma política que não poupava ninguém, a não ser os delegados de olhos retráteis cuja maldade e impaciência fazia história por aquelas plagas. Estavam todos acanhados, caminhavam exibindo sorrisos que eram quase metálicos também, pela força que faziam para mantê-los. Por dentro explodiam de ódio, a ira querendo extravasar. E foi assim que começaram a se reunir havia quatro anos. De início apenas uns poucos, depois mais e mais enquanto iam recrutando outros infelizes pelas ruas.

Havia um ícone. Uma figura, uma imagem que fora surgindo aos poucos de forma inexplicável. Primeiro com Tom, o líder, depois com outros, que relatavam a impressão sem nunca poder explicá-la convenientemente. Era uma alegoria, uma fantasia que se travestia com contornos tão sólidos que chegava a parecer real. Temiam pela própria lucidez, mas admiravam a concomitância desse pensamento. Era o inconsciente coletivo que agia, agitando-os mais e mais quando aceitavam aquilo como real, mesmo sabendo que provavelmente não era.

E fora em nome dessa alegoria que deram à sala em que se reuniam o nome de Sala do Peregrino. Rendiam uma homenagem absurda a alguém ou alguma coisa que não entendiam e nem acreditavam existir de fato. Nesse dia a Sala do Peregrino estava repleta. Olhares ansiosos voltados para Tom. Havia algo no ar e todos sentiam. Uma energia nova e desconhecida. A explosão estava prestes a ocorrer. Sabiam, sentiam, antecipavam...

Capítulo 17

Mogul é o seu nome.

Quando o Peregrino chegou à clareira, vencendo as paredes rochosas que foram se abrindo novamente à sua passagem, encontrou um cenário de desolação. Homens e cavalos caídos, pedaços de roupa e carne misturados ao pó. Sangue manchando a areia. Outros com rostos marcados por cansaço e desalento. Sentados, apoiados e recurvos. Poucos sãos e salvos, incólumes, sem ferimentos, fora o estupor ainda estampado nas faces. Não era menor a quantidade de corpos de cabras jogados aqui e ali. Muitos ainda estrebuchando, assim como alguns homens, cujos ferimentos não podiam ser tratados e de onde o sangue jorrava aos borbotões.

Ele também ferido, um dos braços molhado de sangue, camisa grudada à pele. Viu Trevis e outros que se levantaram à sua chegada. Viu também o menino, espevitado, olhar desafiador e com uma espingarda na mão. O óculo que estava pendurado acima do olho esquerdo, amarrado por um barbante, pendia frouxo. Observou-o por instantes, nem um pouco surpreso em vê-lo ali.

Muitos tremiam, sacudidos por espasmos. Reparou em como haviam envelhecido naqueles poucos minutos. Velhos esfarrapados, decrépitos, à beira da cova. Desceu do cavalo e se aproximou de um dos que agonizava, esvaindo-se em sangue. Sacou o Colt e deu-lhe um tiro no peito, interrompendo de imediato os gemidos e as lamúrias.

Causou espanto e revolta em alguns. Mas puderam compreendê-lo. De que forma cuidariam dos feridos, se não daquela forma. Não sobreviveriam a uma viagem de retorno e também não poderiam prosseguir com o grupo. Deixá-los ali, sofrendo era desumano.

Outros sacaram as armas e fizeram os disparos necessários.

Sentiu na carne o ferimento que lhe causou o ataque imprevisto e assustador. Sentiu-se vulnerável pela primeira vez e isso o assustou. Havia, ainda, no fundo, uma dúvida que o assaltava de tempos em tempos: se era humano ou simbionte. Se carregava dentro de si fios e metais e outras coisas para as quais não tinha nome. Se o sangue que lhe corria nas veias era o mesmo que corria nas veias das pessoas normais ou se seria como o do cavalo que tomara para si.

Era o Peregrino, como o chamavam. Mas isso de nada adiantaria para proteger os demais. Estava ali como uma espécie de caçador de criancinhas desaparecidas, qualificação que lhe deram sem que emprestasse a isso a menor importância. Estava tão preocupado com as criancinhas quanto com as malditas cabras. Se lhe mostrassem os dentes, não hesitaria em lhes estourar também a cabeça.

– Lobos ou coiotes. Cabras, jamais – Trevis abanou a cabeça. Não conseguia compreender como esses animais domesticados poderiam ter ido parar na montanha. Que imaginação atormentada as teria transformado e as deixado ali.

– Pumas. Eles existem e devem estar por aí. Alguém os deixou para servir de alimento a elas – respondeu outro, tentando encontrar uma explicação para o inexplicável.

– Nem quero pensar. Se cabras já nos causaram tantas baixas, imagine o que pumas, lobos e coiotes igualmente transformados não nos fariam.

O Peregrino ignorou a falação. Havia algo que lhe chamava a atenção mais do que tudo. Não o surpreendia a presença do garoto, mas ignorava como chegara lá. Quis perguntar, mas uma perturbação intensa o impediu. Havia algo no garoto que não entendia.

– Mogul.

– O quê? – perguntou o Peregrino, voltando-se para Trevis e afastando por momentos os pensamentos que o corroíam.

– A montanha de chama, Mogul.

Era descabido. Entendeu a informação como algum tipo de

desordem mental do velho. O nome da montanha não lhe interessava mais que o das pedras e dos cactos. Interessava-lhe chegar a Middletown.

– O menino veio dar aqui porque a montanha o trouxe.

Não pôde se impedir de olhar de novo para o garoto. Estava a alguns metros de distância, sentado displicente com a espingarda em pé no meio das pernas. Olhar perdido para todos os lados, mas a atenção focada nele. Nesse momento sentiu a montanha, que veio para ele em meio à correnteza. E Mogul, de repente, não lhe parecia mais um nome desinteressante. Foi como se despertasse partículas de memória antiga, escondida nos recônditos da sua mente.

– Mogul. – murmurou em tom de reflexão. Então se virou para a montanha que estava à volta e acima deles, para os picos nevados, para a vegetação rasteira que se espraiava pelas fendas, para os ciprestes, e compreendeu. Aquela montanha era Mogul. Caminhou até próximo de uma das paredes rochosas e tocou nela a mão direita.

– Uma rampa, Mogul. Para sairmos deste labirinto.

Não era mais que um sussurro, tão baixo que mesmo ele mal se escutou. No entanto a montanha, que tinha ouvidos em cada fragmento de pedra, ouviu-o e atendeu. E em frente dele fez-se uma rampa, larga o bastante para que pudessem subir e inclinada o suficiente para que os cavalos não precisassem realizar grande esforço.

E então todos o olharam com grande admiração. Menos o garoto, que continuava sentado, acariciando o gatilho de sua nova espingarda, olhando o homem a quem chamavam de Peregrino. Cada vez mais certo de estar diante de um simbionte que ia iludindo a todos, levando-os para a morte certa.

Sair da clareira foi comemorado. Tinham terreno firme sob os pés, o céu inteiro para admirar e um horizonte entremeado por elevações montanhosas, que lhes dava a tranquilidade de não estarem presos por paredes rochosas que se abriam e fechavam sem maiores explicações.

Os cavalos prosseguiam com a carga humana em seus lombos, paripasso numa toada constante. Encontraram água num determinado momento. Parecia brotar do nada, em meio a um rochedo, o que lhes causou espécie e temor em consumi-la. Poderia estar envenenada, defenderam alguns. Ou bebiam ou ressecavam ao sol. Os cantis quase nada mais guardavam. Como os cavalos beberam dela e nada sentiram senão saciedade, correram a enchê-las e à própria boca, em goles imensos e satisfeitos.

Seguiam-nos, ao longe, abutres em pares de dois. Voavam bem alto, quase pontos indistinguíveis. O Peregrino os observava de quando em quando, nada incomodado. Sabia que os vigiavam e isso não o perturbava.

Olhava para o ferimento no braço quando queria retornar à condição humana mais básica. Sentir-se falível. De qualquer forma, o Colt no cinturão o destacava dos demais. Era o Peregrino. O Salvador – essa designação partiu dele mesmo em meio a reflexões –, o grande homem desconhecido, portador do Colt mágico que ia salvar a vida de todas as criancinhas que foram, um dia, roubadas dos pais na distante, longínqua cidade de Downtown.

Caminharam por bastante tempo. Viram o Sol fazer toda a curva no firmamento e ir, lentamente, escondendo-se atrás de algumas elevações. Era sensato pararem para descansar. Assim, procuraram um local que os protegesse. O Peregrino, possuidor do conhecimento – que brotara oriundo de local desconhecido, mesmo que transportado pelas águas que turbilhonavam dentro dele – olhou para uma encosta íngreme e pediu por um platô. Mogul o atendeu, estendendo a rocha de forma a construir um teto imenso onde todos puderam se proteger.

Viram a noite chegar. Tão intensa e impenetrável. Não havia luz. Não havia luar. As estrelas, insignificantes, não venciam a densa escuridão. Aglomeraram-se, assustados. Os olhos não viam além de poucos metros. Uma e outra fogueira crepitando dava-lhes alguma segurança, o cheiro de carne seca ardendo na brasa. Dormiram juntos uns dos outros. Adormeceram apesar dos ruídos estranhos e insistentes que minúsculas patas pareciam provocar do lado de fora. Apertavam-se, assustados. Alguns custaram a adormecer, atentos e preocupados com o que acontecia fora da proteção relativa que aquele platô lhes oferecia.

O Peregrino se encostou ao cavalo. Bebeu do bourbon até a garrafa acabar. Jogou-a para além da plataforma que os protegia. Não a ouviu estilhaçar.

Os tec-tec-tec continuaram noite adentro.

Capítulo 18

Uma revolução não se faz com paus e pedras.

Tom Swift examinava cada feição na sala. Olhares tensos de pessoas que há tempos se reuniam ali, muitas vezes para mais nada senão dividir dores e lamentos. Precisavam disso para aliviar a alma e tentar fortalecer a confiança para tempos futuros. Mas naquele dia em especial havia no ar uma sensação indefinível de que algo muito grande estava prestes a acontecer.

Ajeitaram-se como puderam. Mulheres acomodadas em cadeiras nem tão confortáveis, homens em pé, esticando-se todos, de vez em quando, para disfarçarem o incômodo da posição. Patrick e Anabella próximos um do outro, como deveria ser.

– Há algo, acho que todos aqui podem sentir – disse Garret, tapeceiro, estofador, taxidermista e ferreiro nas horas vagas, que eram muito poucas.

Tom temia mais do que nunca que essas sensações pudessem prejudicar o grupo. Também sentia o que sentiam. Também tinha a própria garganta afogueada por impressões e antevisões que não podia explicar. Como se seu âmago estivesse gritando para que abrisse olhos e mente para a verdade que estava lá fora.

– Fique tranquilo, Garret. Essas sensações são velhas conhecidas de todos por aqui – respondeu Tom.

– Mas é diferente agora – protestou Craig, remexendo-se de encontro à parede do fundo, tentando se fazer ver por detrás de pessoas mais altas e que obstruíam a visão do líder. Seu comentário encontrou anuência em diversas vozes.

– As fabricas pararam de produzir – disse um homem já idoso, mãos calejadas pelo manuseio incessante de materiais pesados. – A fumaça que expelem pelas chaminés são mentiras malcheirosas.

Tom ergueu o sobrolho, atento a essa informação, que o pegou de surpresa.

– Chegam lingotes e partem para Uptown produtos manufaturados todos os dias – contrapôs o senhor Gregory, para quem a informação também causava surpresa.

– Trabalhamos com estoques. Os lingotes de metal estão sendo estocados no porão. Não passam mais por transformação. Mantemos as fornalhas a toda pressão e as engrenagens funcionando. Inspetores, mesmo os mais atentos, ainda não descobriram o embuste – completou o homem idoso de mãos calejadas, cujo nome Tom tentava lembrar sem sucesso.

Tom estava estarrecido. Era uma declaração de guerra contra Uptown. Um ato terrorista sem nenhuma base racional para ser realizada. Em que buscavam apoio, perguntava-se. Numa imagem fantasiosa de um Peregrino que viria à cidade combater o poder estabelecido e ir em busca das crianças perdidas, respondia a si mesmo.

Ao mesmo tempo em que se revoltava com essa ação, também respirava tenso, certo de que o Peregrino estaria às portas da cidade ao amanhecer. E era um sentimento tão forte e atordoante que ergueu a mão e a baixou, socando a mesa com força. As vozes silenciaram.

– Senhores, senhoras e senhoritas. Quero lembrá-los de que qualquer ato subversivo custará a vida de seus provocadores. Parar as fábricas... – e Tom deu uma pausa, buscando ar necessário para continuar –... e interromper toda a produção é um ato de rebeldia sem registros até hoje. E só porque acreditamos na vinda de um homem a quem chamamos de Peregrino, sem nenhuma certeza disso, sem nem sabermos se isso não passa de uma alucinação provocada sabe-se lá pelo quê. Vocês têm noção do perigo a que estão expondo todos nós?

– Não esculpo mais nenhum modelo metálico, seja de gente, seja de animal desde os últimos doze dias. Trancafio-me no estúdio e alego estar preparando um grande lote. Mas apenas iludo os cobradores de produção – emendou Patrick. Anabella, sentada ao lado, apertou as mãos delicadas, nervosa com o andamento da reunião.

– Estou atrasado com o pagamento dos impostos aos emissários de Uptown – disse o banqueiro. – Alego dificuldades de contabilização devido a um aumento imprevisível de arrecadação. Não pretendo mais mandar para fora o nosso dinheiro.

– Interrompi a produção de selas e arreios – falou outro.

– A mercearia está esgotando o estoque. Não comprarei mais nada de Uptown com preços superfaturados.

– O telégrafo está mudo desde agora. Amanhã não abrirei – atalhou mais um.

– Meus escritórios de compra e venda de ouro deixarão de comprar e vender – gritou alguém do fundo da sala.

Tom dirigia o olhar ora para um ora para outro, surpreendido cada vez mais pela sucessão inacabável de desobediência civil que tomava corpo. Jamais vira esses homens tão empenhados em morrer como nesta noite. Admirava-os por isso, mas também temia que os sonhos fossem em vão e que o dia seguinte viesse sem novidades e assim também os demais, até que os estratagemas fossem descobertos e todos colocados diante de um pelotão de fuzilamento ou sobre um patíbulo, bem na praça central para que servissem de exemplo para os demais moradores, exemplares trabalhadores a serviço da tirania de Uptown.

Se por um lado queria gritar que o Peregrino estava às portas da cidade, por outro tomaria facilmente um cavalo e fugiria dali com medo das consequências que adviriam de atos impensados.

As declarações de independência do jugo de Uptown iam se sucedendo, não poupando nenhum deles. Muitos embalados pelos demais, sem pensar nas consequências. Mais tarde cairiam em si e voltariam para suas vidas medíocres.

– Há armas suficientes para todos nós no sótão de minha casa – disse Brett Bogart após uma pequena pausa no vozerio. Foi o bastante para que todos se calassem de imediato e voltassem a cabeça para o lugar de onde viera a voz. Brett estava em pé, próximo a Maryanne Lee Harvard, que ergueu a cabeça procurando-o com os olhos e fazendo as penas charmosas do chapéu colidirem contra o rosto de um homem à sua esquerda.

– Venho juntando-os há tempos. Pegando aqui e ali, afanando discretamente de comércios e departamentos oficiais. Na delegacia consegui com um dos assistentes uma partida de rifles de repetição.

Tom tirou o chapéu para arejar a cabeça suada. Todos lá assoviaram incertos com essa informação, incertos se haviam entendido direito. Há anos a cidade fora desarmada e os únicos a portarem armas eram as autoridades constituídas.

– Viva! – gritou alguém. – Uma revolução não se faz com paus e pedras!

– Mas ainda temos ancinhos, foices, martelos, porretes, e outros objetos que podem servir bem para uma luta corpo a corpo – disse Patrick, incendiado pela possibilidade de uma guerra real. Um enfrentamento verdadeiro, onde o mais forte e mais competente – também o mais sortudo – poderia sair vivo da contenda. Nesse momento Anabella olhou-o profundamente com os olhos redondos e meigos e sorriu, orgulhosa pela coragem inaudita do homem que escolhera para ser seu esposo assim que possível.

Tom deixara de ser o líder no momento. Era um observador passivo que assistia a uma sucessão inacabável de bravatas. Duvidava que um só dos homens fosse portar um rifle ou um revólver para enfrentar a força policial e o pior: delegados ali baseados, fora os que viriam em disparada de Uptown. Reconhecia qualquer tentativa de ressurreição fadada ao fracasso. Não teriam como ombrear as forças policiais constituídas e Uptown era uma potência de força inquebrantável.

– Parem! – bradou o homem que ficou cuidando do olho escondido. Girava a manivela com sofreguidão, olhar atento nas imagens nubladas que iam se sucedendo na pequena tela de vidro. Outros se juntaram a ele, além de Tom, que, já ao lado, não teve maior esforço do que inclinar o corpo para ver o havia para ser visto.

– Não posso ver nada – reclamou um, espremendo-se entre outros.

– São pernas. De cavalos, acho.

– Uma caravana? – perguntou outro, cheio de curiosidade.

– Homens montados, não conseguem ver? – ciciou Anabella.

– Homens montados... Que tem demais nisso? – questionou Brett.

– São muitos – constatou alguém. – Só os delegados podem cavalgar. Serão todos delegados?

– Onde estarão indo? Qual é essa direção? – perguntou o homem de mãos calejadas.

– Para leste. O caminho mais curto para se chegar aos limites da cidade – respondeu Patrick

– Vão embora? Vão nos deixar? – A alegria quase dominava o homem de têmporas grisalhas e bigode farto, que tremia todo.

– É uma mobilização – afirmou Tom, suando em bicas.

– O Peregrino está chegando! – disse alguém em tom elevado, emoções à flor da pele.

Foi o que bastou para colocar a sala em polvorosa. Todos se afastaram da tela, procurando cumplicidade nos olhares de revolta que exibiam.

– As armas, onde estão essas armas? – perguntou um.

– No sótão! Precisarei de homens para me ajudar a descê-las.

– Ainda assim, os que ficarem sem elas peguem nos machados e nos cutelos. Vamos à guerra!

– As fábricas! As fábricas! Elas precisam ser avisadas! Os trabalhadores preparados!

– Protejam suas mulheres! Convoquem filhos adolescentes à luta! Não podemos dispensar ninguém!

– Avisem a cidade toda. Toquem os alarmes. Gritem nas ruas. Arregimentem, convoquem, arrebanhem!

– É chegada a hora!

– A hora é agora!

– Vamos! Vamos para a Glória! O Peregrino nos aguarda nos limites da cidade! Mostraremos do que somos capazes!

– Viva o Peregrino!

– Viva! – gritaram todos, completamente tomados pelo frenesi.

As portas da Sala do Peregrino se abriram e foram saindo aos montes. Aglomeraram-se na chapelaria, atentos ao que se sucedia na rua, semiocultos pela escuridão. Tropas de policiais avançavam em cavalos. Alguns delegados os margeavam. Não havia veículos movidos à combustão, apenas animais. Selas, arreios e esporas.

Tom deixou que todos se evadissem. Estava atônito. Jamais vira tamanha demonstração de união no grupo. Sempre discutiram a possibilidade de uma revolução, uma luta armada, mas jamais levaram essas discussões demasiadamente a sério. Sabiam que não teriam chances.

Então se lembrou de seu avô e de suas histórias. Lembrou-se de Downtown, uma cidade esquecida, longe dali, em meio à planície.

Inteiramente sugada pelo vampirismo inesgotável de Uptown. E de Middletown, cuja culpa no episódio não podia ser descartada. Nenhum Peregrino surgira naquela cidade e ela desmoronou sobre si mesma, fenecendo, tomada pela velhice extrema, uma vida sem crianças e sem nenhuma esperança. Nenhum Peregrino surgira lá para salvá-la. Por que surgiria aqui?

Olhou para o relógio de algibeira. Ainda era relativamente cedo. Não iria para casa. Ficaria ali, confabulando silenciosamente com a fotografia na parede. Tentando, junto com o avô, descobrir onde a alma humana era mais falha.

Sentiu um pequeno travo na garganta quando pensou que na manhã seguinte provavelmente invadiriam a chapelaria e o prenderiam como o líder de um bando de revolucionários. Seu pequeno e quase insignificante império seria enterrado para todo o sempre. Fuzilado ou enforcado. Qualquer que fosse a forma, levaria-o para perto da mulher que se matara e do filho, morto provavelmente em Uptown.

Adormeceu sobre a mesa. Cartola tombada de lado. Os cabelos ralos grudados na calva luzidia que refletiu, horas depois, as primeiras luzes da manhã, tímidas ainda, que entravam por uma pequena e inadvertida fresta na parede de tábuas.

Capítulo 19

Não parecia ser uma recepção amigável.

O Sol ainda não surgira em sua totalidade, mas o Peregrino estava de pé, olhos atentos na azáfama que ocorria do lado de fora do platô. O céu exibia uma claridade acanhada, raios de sol vencendo o horizonte, antecipando-lhe a vinda. Eram milhares de coisinhas pequenas correndo pelo chão pedregoso, subindo umas sobre as outras, atropelando-se numa correria que parecia não ter fim.

Tentava adivinhar o que seriam as miniaturas metálicas. Faziam um barulho característico, batiam no chão num tec-tec-tec contínuo e irritante. Não lhe fugiu à visão o pequeno John Doe, desperto, mais ao fundo, junto à parede rochosa. Nem que o observava com atenção.

O menino o incomodava sobremaneira. A presença dele era anômala, porque era jovem e esta não era uma viagem para adolescentes. Mas incomodava-o mais do que isso, só não sabia dizer o porquê. Os olhos do menino o perturbavam. O olhar desafiador. A postura agressiva e ao mesmo tempo respeitosa. Surpreendia-o perceber que o pequeno soubera antes dele e de qualquer outro que a cadeia montanhosa se chamava Mogul e que conseguira atravessá-la sem incorrer em grandes riscos. Viera por cima como qualquer pessoa inteligente teria tentado fazer.

Intrigava-o de onde descobrira que bastava pedir para que a montanha o atendesse. Poderia lhe perguntar, mas essa era uma alternativa que afastava a qualquer custo. Não temia as surpresas que a viagem poderia trazer, nem os riscos que correria com ela. Mas encarar o menino frente a frente e dirigir-lhe a palavra causava-lhe tanto pavor que mesmo a correnteza se agitava turbulenta ante essa possibilidade.

Aliviou-o dos pensamentos um homem que, com olhos esbugalhados, achegou-se a ele, olhando para fora, espantado. Breve o Sol abraçaria o horizonte, iluminando a manhã fria. Estava ansioso por continuar, mas a correnteza chapinhava inquieta. Havia algo lá fora, além do que podiam ver. Algo indefinido.

– São aranhas? – A voz embargada pelo sono recém interrompido, rosto inchado, expressão espantada.

– Aranhas. Centopeias. Lacraias. Metal fosco e articulado. Se movendo em profusão pelo solo. Milhares, milhões de improbabilidades batendo patas – respondeu o Peregrino.

– O que será que querem?

Havia algo que lhe soava terrivelmente familiar. Como se os minúsculos engenhos mecânicos não lhe fossem estranhos. Como se a imensa cadeia de montanhas já tivesse passado pela sua vida, em algum momento. Eram lembranças de um passado que desconhecia ou estava delirando?

A visão espantosa dessas coisas patinando umas sobre as outras, entrando e saindo do solo, tornava uma das questões ainda mais perturbadora. Perguntava-se se Mogul era uma entidade consciente, coisa que o deixaria pasmo. Preferia crer que era uma montanha simbionte. Uma incrível e inexplicável formação rochosa simbionte.

– Problemas – respondeu o Peregrino.

Os homens foram acordando um a um e em poucos minutos estavam todos despertos. Assombrados com o que se sucedia do lado de fora. Ficaram observando até que o Sol apareceu. Com ele os milhões de engenhos desapareceram. Sumiram todos dentro da terra, penetrando nas rochas.

– Um estranho espetáculo que deve se repetir todas as noites – comentou Trevis, montando. Outros o imitaram. Era hora de continuar, embora o Peregrino continuasse parado, olhando para fora.

Saíram na frente e pararam pouco depois. Olharam para trás, esperando que seguisse adiante, os guiando. John Doe passou por ele, cabeça enfiada dentro dos ombros, chapéu largo e puído. O rifle preso à sela por um cinturão. O cavalo simbionte relinchou, agitando a crina suave e harmoniosa, e avançou alguns passos, posicionando-se ao lado do dono.

O Peregrino montou e instou o cavalo a continuar. Precisavam chegar à Middletown.

Seguiram por caminhos largos em determinados trechos, estreitos em outros. Surgiam rotas alternativas que evitavam. Promontórios forçando-os a ladear até achar uma trilha segura, ravinas abertas, bem iluminadas pelo Sol e batidas pelo vento. Foi numa dessas ravinas que foram forçados a parar. Pareceu-lhes que o chão estava tremendo. Pedregulhos saltitavam no chão como feijões mexicanos. Recuaram instintivamente. O Peregrino levou a mão ao revólver, mas não o sacou. A correnteza não acelerava e não via nada em que pudesse fazer mira.

Um elevado se formou sob as patas dos cavalos que se agitaram. Homens gritaram sentindo-se novamente ameaçados. Logo o que mostrou ser apenas um platô elevado disparou sobre o solo, engolindo distâncias, numa velocidade que lhes parecia vertiginosa. Mogul se cansara dos homens e resolvera entregá-los ao seu destino o quanto antes.

Foi assim que chegaram ao fim, deixados ao pé das montanhas, diante de uma planície que exibia, não muito longe, uma cidade com chaminés expelindo fumaça, elevados postes que aparentemente sustentavam uma teia e o que parecia um vasto agrupamento de homens, um comitê de boas-vindas.

John Doe, de algum lugar em meio ao grupo, ajeitou o óculo sobre o olho esquerdo, distendeu-o apontando para a cidade e murmurou:

– Duas centenas de homens ou mais. Armados e comandados por delegados simbiontes. Isso não parece ser uma recepção amigável.

Era um momento difícil. Pouco mais de quarenta homens esfarrapados, braços em tipoias, cobertos por hematomas e ferimentos diversos. Um grupo de desvalidos anciãos cuja maior utilidade seria o de testar muletas variadas e de diferentes tamanhos. Os rostos judiados pela jornada e com olhares desesperançados. Principalmente diante de uma tropa numerosa que se perfilava do outro lado da planície, nem tão longe deles.

O Peregrino olhou ao redor, desalentado, e voltou a observar a tropa distante. Os homens ao seu comando – jamais estiveram, mas assim pareciam ao segui-lo – olhavam-no como se esperassem algo que os livrasse mais uma vez do perigo.

Deu-se conta de que dificilmente escapariam do enfrentamento. Jamais entrariam em Middletown. Nenhum Colt com poderes mágicos seria capaz de enfrentar tantos homens e mais alguns delegados. Nenhuma agilidade e pontaria certeira o impediriam de ser atingido. Eram muitos. Demais para ele e para aquele séquito de lobos velhos. Via o sonho dourado de tomar as minas de Dinger, por bem ou por mal, ir desaparecendo numa saraivada de balas.

Pensou em dispersá-los e recuar, mas Mogul, parecendo adivinhar-lhe as intenções, pôs-se a se afastar cada vez mais rápido. Deixou-os perdidos em meio à planície, sem cantos onde se esconder das balas que viriam – com toda certeza – em numerosa sucessão.

Sem mais o que fazer, começou a marchar na direção da cidade. Os homens não o seguiram de imediato. Ficaram parados, confusos, entreolhando-se em busca de coragem. O Peregrino era um homem de coragem inaudita. Mas era também possuidor de uma arma incrível. Eles não. Acompanhá-lo em seu avanço era o mesmo que se entregarem à morte.

John Doe venceu os homens petrificados pelo medo e prosseguiu, deixando-os para trás. Ao vê-lo desafiando o perigo não tiveram outra opção senão seguir em frente. Continuariam pelas crianças e não admitiriam que um garoto demonstrasse mais bravura que eles, homens experientes e indomáveis.

Muitos soldados. Todos em linha formando uma barreira sólida. Perfilados, seriam um exército numeroso o suficiente para desanimar o mais audaz dos homens. Mas o Peregrino ignorava a evidente diferença numérica e avançava resoluto.

Não foi necessário nenhum enfrentamento antecipado. Uma explosão atrás da coluna de soldados, dentro da cidade, numa de suas extremidades, deu novos rumos ao evento. Fumaça e fogo, que se alargava em labaredas indóceis. Logo depois, uma segunda explosão. Mais fumaça e fogo. A tropa, que até então se mantinha férrea, começou a se conturbar. Viravam-se para ver o que acontecia. Os delegados tentavam em vão mantê-los nas posições, mas era inútil.

As explosões faziam estremecer o chão. Estancaram, abobados, assistindo ao espetáculo que se desenrolava. Viram outras explosões acontecer, rolos de fumaça negra e densa surgiam de todos os lados. O barulho estrondeava.

Da distância em que estavam viram as fileiras sofrerem uma perturbação súbita. Gritos esganiçados se confundiam com o rugido das explosões. Havia luta, o que os surpreendeu. A refrega parecia eclodir em meio aos soldados e só depois foram se dar conta de que pareciam ser atacados por outros homens, não pertencentes à tropa.

Um dos delegados se afastou da bagunça. Apontou o cavalo para o grupo que permanecia parado, assistindo boquiaberto o combate distante. Sacou o revólver e disparou na direção deles, aparentemente disposto a cumprir, de um jeito ou outro, as ordens que recebera.

A cavalgada era furiosa.

O Peregrino sacou o Colt, coçou a têmpora com o cano e sorriu. Havia entre eles uma distância bastante razoável, mas aprendera que isso não era empecilho para disparos perfeitos. Apontou a arma sem muita direção e puxou o gatilho. O simbionte largou os arreios, rolou sobre o cavalo e desabou pesadamente no chão. O cavalo manteve a disparada, passando por eles feito bólido.

A algaravia se mantinha às portas da cidade. A rebelião continuava encarniçada. Retornaram a caminhada e ao se aproximar viram que a baderna se degenerara ao ponto de soldados atacarem outros soldados. Da forma em que estava, os riscos se reduziam consideravelmente. Olharam-se divertidos e esporearam os cavalos, disparando na direção do tumulto.

Penetraram na massa de homens disparando as armas, incertos de quem era alvo garantido e quem era alvo hipotético. Iam matando a torto e a direito até que se deram conta de que a maioria civil se impunha à minoria fardada. Passaram então a ajudá-los na tarefa de ir derrubando uns quantos soldados.

Dois delegados galoparam para fora dali, escafedendo-se do alvoroço. Os soldados restantes se renderam, erguendo as mãos e suplicando por suas vidas. Alguns não tiveram muita sorte. A adrenalina continuava intensa e não pareciam dispostos a depor armas só porque o outro lado resolvera parar a briga. Custaram alguns minutos até que o último disparo fosse feito.

Middletown estava coberta por uma nuvem densa de fumaça. Cheiro intenso de pólvora e uma teia intrincada que a recobria inteiramente, tendo nela dependuradas estranhas bolas. Os postes que sustentavam essa teia e que cercavam a cidade, entremeando-a inclusive, estavam, para espanto, em pé. Não foram derrubados no afã destrutivo que assolou os cidadãos.

O Peregrino desceu da montaria e passou a puxá-la pelas rédeas, caminhando entre civis entusiasmados. Exultantes, cumprimentavam-se, abraçavam-se e choravam de emoção. Paravam as festividades quando passava.

Não escondiam o choque diante do cavalo simbionte de aparência imponente e terrível, e do homem simples, vestindo roupas mal ajambradas que o conduzia. Afastavam-se dando passagem, assustados pelo conjunto bizarro.

Olhares o seguiram até que venceu a muralha de homens e saiu do outro lado, Middletown à frente. Ouviu alguém às suas costas proferir o nome Peregrino. Entre murmúrios de dúvida e constatação, o nome foi sendo repetido até que todos o gritavam a plenos pulmões, jogando os chapéus ao alto numa profusão comemorativa ensurdecedora.

Não sabia se chegaram a essa conclusão sozinhos ou se algum dos velhotes os ajudara na tarefa, mas ser considerado uma personalidade depois de uma viagem cansativa e cheia de perigos era bom. Poderia reclamar um colchão macio, uma tina de banho com água quente e abundante, e várias garrafas de bourbon. As dele haviam acabado.

As explosões fizeram Tom Swift despertar dentro da Sala do Peregrino, local onde adormecera na noite anterior.

A cara amassada contra a mesa. O *pince-nez* lhe escapara do nariz e jazia tombado. A cartola rolara para o lado e pendia na lateral da mesa, quase caindo. Abriu os olhos com lerdeza, embora ainda sentisse o choque da última explosão. Lambeu os beiços e ergueu a cabeça sentindo dores atrozes nas costas e no pescoço.

A primeira coisa que vira foi o quadro do avô caído no chão. O olhar ainda embaciado, desfocado. Desconectado do mundo real, perguntava-se se sonhara com a queda e com as explosões.

Tentou se levantar, mas as pernas estavam dormentes. Dobradas, viciaram-se numa posição e agora teimavam em não obedecê-lo. Resmungou enquanto se dava conta de ouvir vozes agitadas, vindas de fora. Aos poucos a reunião da noite passada veio à memória. Lembrou-se das palavras de ordem, das promessas de insurgência e estremeceu.

Atirou-se diante da manivela do olho escondido e pôs-se a girá-lo enlouquecido. As imagens da rua vieram aos poucos, à medida em que a bateria se locupletava de energia. Havia fumaça. Gente indo e vindo.

Largou a manivela e se levantou, ignorando as dores e as dormências. Arrastou-se até a porta que dava ligação à chapelaria e hesitou em abri-la. Enquanto permanecesse ali poderia sempre alegar desconhecimento de causa e inocência. Mas se misturar ao caos já o denunciaria como cúmplice da guerra que, presumia, ocorria do lado de fora.

Respirou fundo e a abriu. Foram anos exortando os moradores a uma rebelião – sem nunca acreditar que ocorreria. Precisava agir.

O ar dentro da chapelaria possuía grande saturação de pó e fumaça. Pela vidraça viu homens e mulheres exultando, felizes. Viu pessoas conhecidas dando brados de alegria. Onde estavam os delegados e a força policial da cidade?

Saiu para a calçada sem a cartola e sem o *pince-nez*. Viu homens cansados, alguns feridos. Desciam a rua cantando hinos de vitória.

Jogavam os chapéus ao alto. Riam, exibindo imensa felicidade. Um deles se aproximou de Tom e o abraçou com força. Estava atônito. Perguntava-se onde estava a rebelião ou se esta já havia acontecido.

– Acabou! Acabou! – gritou alguém em meio à multidão.

– Vencemos! – gritou outro.

– Viva o Peregrino! – bradou um terceiro.

Foi então que viu, entre a multidão, um homem montado sobre um cavalo que não tinha nada de normal. Um que jamais vira. Corpo metálico. Formas sinuosas, um conjunto assustador e belo. Era o Peregrino o homem franzino a montá-lo? Questionou-se, inquieto. Claro que era, respondeu a si mesmo, cheio de confiança. Isso o arrebatou.

Capítulo 20

E tome lá outras crianças perdidas.

John Doe ficou para trás. Acompanhou o Peregrino com os olhos, vendo-o se perder no meio da população de combatentes. Viu-o ser engolido pela multidão. Observou todos se reunindo, festivos, e se dirigindo para a cidade. A velharada junto.

Ainda não estava certo sobre o que devia sentir sobre ele. Nutria sentimentos conflitantes que ora o empurravam no sentido de adorá-lo, ora no de odiá-lo. Não era um homem comum. Portava uma arma espantosa. Também era o homem que matara Harvey. E gostara de Harvey.

Simbionte ou não, essa dúvida o assaltava o tempo todo.

Estava espantado consigo mesmo. Era difícil imaginar como se propusera a seguir os homens e empreender uma jornada de sucesso duvidoso. Surpreendia-o também a forma como amadurecera, como evoluíra em tão pouco tempo.

Lembrou-se de Mogul e da forma como soubera que bastava pedir que a rocha o atenderia. Uma espécie de memória... Brotou-lhe a lembrança. Simples assim. Ficara espantado também com a forma como enfrentara o ataque das cabras. Sabia que ocorreria, pôde antecipá-lo. Acorreu ao local mesmo sem noção exata de onde e como. Mistérios. Sabia igualmente que não encontraria o Peregrino em meio aos moradores de Downtown. E já o culpava por isso antes mesmo de chegar ao lugar.

Cutucou o cavalo com as esporas e foi para a cidade. Não pretendia ficar fora para sempre.

Era um restaurante. Ambiente sofisticado. Não havia pessoas jogando, bebendo e comendo como porcos. Nada de comida jogada pelo chão, nem gritos e xingamentos. Todos lá se portavam com educação. Olhavam para ele sem saber o que dizer.

Estava sentado. Diante dele uma garrafa de bourbon já pela metade, que a outra metade bebera em goladas ansiosas. Ansiava por um banho. Sentia-se estranho naquele ambiente e o afastamento respeitoso que mantinham o deixava irritado. Por um lado queria ser paparicado, por outro a proximidade excessiva o enervava.

Os velhos estavam por lá, pela cidade, bebendo em outros lugares, descansando nas calçadas, sentados ou deitados em bancos de praça. Tinham chegado a Middletown com cinquenta e sete homens.

Teve oportunidade de ver coisas, na cidade, que o surpreenderam. Não usavam cavalos, com raras exceções. Havia coisas que se moviam sobre rodas e eram impulsionadas por engrenagens que giravam soltando fumaça. Ponderou sobre a teia que cobria a cidade e sobre as bolas que pendiam dela, mas não chegou a nenhuma conclusão. Pensou em atirar numa delas para ver o que aconteceria, mas vinha sendo tratado tão bem que preferia não desgostar os moradores. Ansiava por um banho quente e anfitriões decepcionados poderiam negar-lhe tal privilégio.

Focos de incêndio eclodiram em vários lugares da cidade. Soube – tinha bons ouvidos e escutou essa conversa entre os que estavam lá – que houvera luta em outras frentes. Ocorreram explosões e destruições diversas. Fábricas arruinadas. Tomou o último gole da garrafa, agitou-a no ar e logo lhe deram mais uma.

Era um excelente Bourbon. Colocou a garrafa sobre a mesa ao mesmo tempo em que um homem de cartola e óculos pendurados no nariz se aproximou.

Tom Swift estava nervoso quando foi para o restaurante. Não precisava que ninguém lhe dissesse que se tratava do Peregrino. Sabia, assim como todos, que vinha para buscar as crianças perdidas Assistira várias vezes àquela entrada triunfal em seus devaneios.

As pernas tremiam enquanto atravessava a rua, evitando os móbiles e as pessoas que festejavam. Perguntava-se quem eram os que chegaram com ele, todos velhos, alguns tanto que o surpreendia que pudessem montar. Viera em comitiva e isso não constava de seus enleios.

A vinda do Peregrino mexia muito com ele. Estava atônito e atemorizado. Houvera um levante e o povo da cidade vencera as autoridades constituídas, encerrando o jugo de Uptown. Não sabia até quando essa situação permaneceria, nem até onde os levaria. Assim que o Peregrino partisse a cidade ficaria sem proteção. Estava claro que a vitória na batalha fora concedida pela presença do homem que confirmou profecias antigas.

Parou diante da porta do restaurante e hesitou antes de abri-la. Passou pela soleira e viu um amontoado de homens sóbrios e circunspectos ao redor do homem franzino. Sorriram ao vê-lo.

Tinha diante de si um sujeito que nem de longe aparentava a força que fantasiara possuir. Magro, rosto encovado, pálido. O chapéu lhe cobria a cabeça com folga, chegando a cair sobre as orelhas. As roupas largas e desalinhadas.

– O Pe...Pe... Regrino, suponho – gaguejou, numa tentativa pífia de estabelecer contato. Não houve resposta, senão um erguer de olhos.

– Me chamam... Chamo-me Tom. Tom Swift. Chapeleiro da cidade. Nós o esperávamos. Seja bem vindo à Middletown.

A cartola e os óculos equilibrados sobre o nariz estreito e pontudo deram-lhe vontade de rir, mas não o fez. Limitou-se a olhar o homem que balbuciava à sua frente, dando-lhe boas-vindas.

Estava consternado em ver que era aguardado. Viera para a cidade em busca de crianças e recompensas. As últimas com mais anelo. Imaginava que enfrentaria resistência – o que, de certa forma, houve, mas não foi ele a derrocá-la – até que a cidade subjugada lhe abrisse as portas. Imaginava que as “crianças” estariam lá, lacrimosas, gritando “papai” e “mamãe”, prontas para serem reconduzidas às suas famílias. Mas não havia crianças na cidade, a não ser que estivessem bem escondidas.

– Obrigado – respondeu, sem mudar a expressão. O olhar gelado.

O homem engraçado puxou uma cadeira, aguardou alguma anuência e, diante de um dar de ombros, sentou-se. Olhinhos miúdos por trás dos óculos. Pose refinada, gestos calculados. Era um homem culto e educado.

– Onde estão as crianças? – perguntou, querendo colocar logo um termo na questão.

A pergunta agitou os homens no restaurante, todos ansiosos como se aquela fosse a grande pergunta de suas vidas.

– Também queremos saber...

Era uma resposta inadequada e estava longe de tranquilizá-lo. As crianças não eram a razão de sua vida, mas aceitara a incumbência por ponderar que cidadãos felizes lhe ofereceriam vantagens adicionais ao retornar.

– Não estão aqui, você quer dizer. Ou quer dizer que estão, mas não sabe onde?

– Quero dizer que foram levadas, todas elas, para Uptown. Não temos conhecimento de como estão.

Seus lábios se rasgaram, deixando à mostra dentes alvos e imaculados, bem diferentes da grande maioria com quem já tratara e cujas bocas exibiam janelas negras. Não queria sorrir, menos ainda rir, mas foi-lhe impossível evitar.

– Procuro as crianças de Downtown. É dessas que fala? – conseguiu dizer depois que o sorriso se esvaneceu.

– Downtown? – tartamudeou Tom.

Nada mais o surpreendia. Qualquer coisa que lhe dissessem, qualquer maluquice, qualquer absurdo lhe soaria bastante plausível. Então também não demonstrou nenhuma surpresa por ver a cara de espanto do chapeleiro.

– Uma cidade não muito longe daqui... Acho que já deve ter ouvido falar.

O espanto se manteve.

– Claro, nossos pais... Antes, nossos avós... Uma lenda.

A garrafa de bourbon ia chegando ao fim. O homem de cartola na sua frente – esqueceu-se do nome – parecia confuso. Talvez um bom gole pudesse ajudá-lo. Não via em quê a cidade de Downtown pudesse causar espanto.

– Lenda é essa história contada sobre crianças raptadas. Vim de Downtown em busca delas e o que encontro? Homens que procuram outras crianças... – concluiu mal humorado.

– Foi há cerca de seis anos. Uptown levou meninos e meninas com idade até 12 anos. De lá para cá todas as crianças geradas tiveram o mesmo destino. Casais pararam de tentar, mas acidentes acontecem... Há sempre choro, lamentos, desespero. Eu mesmo perdi um filho.

– Preciso de um banho quente – cortou o Peregrino, ignorando a conversa de Tom. – É com você ou preciso falar com outra pessoa?

– Posso providenciar.

– E pelo menos outras cinco garrafas deste ótimo bourbon.

Talvez não ficasse muito tempo. Era melhor aproveitar a hospitalidade. Levantou-se sem saber para que lado seguir e aguardou o homem da cartola lhe indicar um caminho. Houve alguns segundos de indecisão até que se pusesse de pé e fizesse sinal para que o acompanhasse.

Capítulo 21

Seguiria imediatamente para Uptown. Que o acompanhasse quem estivesse apto e apresentasse a coragem necessária.

O chapeleiro o levou até um hotel. Saguão ricamente adornado, móveis confortáveis, funcionários diligentes. Subiram ao quarto andar numa caixa puxada por cordas. Lá lhe seria oferecido acomodação. A caixa balançava bastante. Em algum lugar podia-se ouvir o rugir dos mecanismos que alçavam o curioso engenho. Não teve medo, embora a experiência lhe causasse um receio indefinido.

Quanta diferença de Downtown! Parecia-lhe estar num mundo completamente diferente. Vira máquinas que jamais imaginara existir. Era uma cidade fantástica. De todas as magias, chamavam mais a atenção as que roncavam, fungavam e giravam mecanismos, soltando longas baforadas de fumaça e conduzindo homens em seu bojo.

Nada mais era que um pobre coitado, vindo de uma caverna, acompanhado por um grupo de velhotes mais mortos que vivos e com uma missão bizarra e fadada ao insucesso.

Que ouro, que nada. Nenhuma mina de Dinger lhe daria mais lucro do que explorar as maravilhas que esta cidade oferecia. Havia uma população sadia, mulheres jovens e belas, conforto e campo para investimentos. Sentia a correnteza borbulhar inquieta, mas esforçava-se por ignorá-la. Decidira, naquele momento, que não retornaria mais para Downtown. Ficaria em Middletown para usufruir do evidente e invejável progresso que exibia. As crianças, se ele as encontrasse, voltariam para seus pais pelas mãos de outros condutores. Melhor ainda! refletiu: usaria o ouro das minas em Downtown como investimento em Middletown. Ficaria milionário! Procuraria uma jovem prendada e atraente para se casar e muitas outras para se divertir. Viveria a vida como merecia.

Desceram da caixa móvel e caminharam por um corredor atapetado e com cheiro de flores. Tanta afetação o atraía e desconcertava. O homem – que já não era o da cartola – abriu a porta com uma chave e a entregou para ele enquanto o convidava a entrar.

Havia uma cama larga, colchão alto e coberto por lençóis e edredons. Tapetes no chão, quadros e um armário com espelho. A maior surpresa o aguardava no aposento contíguo. Uma área onde via uma bacia de cerâmica com peças metálicas encimando-a. Noutro lado um cocho largo e vazio, também de cerâmica. Tapetes no chão. Um banco com um furo largo no meio e com água dentro. Não fazia ideia para quê serviria. Talvez para lavar os pés, pensou intrigado.

– Quero tomar um banho – disse ao rapaz que o acompanhara. Não fazia ideia de onde esse banho poderia ser tomado. Provavelmente teria que ir a uma sala de banhos em outro andar.

– Se quiser posso prepará-lo para o senhor – respondeu o rapaz, feliz por ajudar.

Assistiu-o, espantado, mexer em objetos metálicos sobre o cocho e deles jorrar água quente. Imaginou onde estaria o menino que alimentaria as fornalhas para que tanto a água quanto o mecanismo estivessem de acordo para um funcionamento perfeito. Viu quando pós foram jogados dentro da água e uma espuma rósea e abundante – muito bem cheirosa – surgiu.

O cocho tinha quatro pés que imitavam as garras de um leão e o acomodava inteiro, com as pernas esticadas. Ele mesmo desligou a água depois que o rapaz saiu. Aprendeu rapidamente a manusear os estranhos maquinismos. Imaginava-se usufruindo das comodidades daquela cidade incrível. Voltaria de Uptown o mais rápido possível. Progresso... A palavra brotava de sua mente de forma poderosa. Sentia-se senhor de si, responsável por um mundo melhor, à custa de sangue, suor e lágrimas se necessário fosse.

O contato com a água quente o fazia sentir uma estranha e deliciosa familiaridade. Uma sensação de retorno às origens, um mergulho profundo em si mesmo, em paragens a que temia retornar.

A reunião não tardaria a ser realizada. Estavam lá altos executivos da companhia ferroviária para discutir a política de expansão. Cortavam o país de lado a lado, uma vez que estavam destinados a conquistar e dominar os territórios situados entre o Atlântico e o Pacífico. Assumiam a doutrina do "Destino Manifesto" e fariam do país uma nação poderosa e progressista. Milhões de dólares investidos em linhas ferroviárias, tecnologia de ponta e contratação de pessoal iam garantindo o sucesso da empreitada.

Era uma sala ampla, mas mal arejada. A névoa provocada pela fumaça de charutos e cachimbos era forte. Riam entre conversas animadas, preparavam-se para deliberar sobre as somas que seriam investidas na última etapa da expansão. A garantia de lucros fabulosos dava aos homens a certeza absoluta de terem participado do melhor negócio de suas vidas.

Bebeu um gole generoso de uísque, olhos brilhantes e alma lavada de um homem feliz com as escolhas que fez. Sempre tivera a sorte de se meter nos melhores negócios; ajudara-o o fato de ter herdado vultosa soma do pai, próspero comerciante de selas, negócio que ainda mantinha, cuidado e vigiado por sócios de confiança, além de fazendeiro bem sucedido. Conhecera a melhor mulher do mundo, prendada e caseira, um sorriso que derreteria um iceberg. Moravam no campo, distantes da cidade alguns quilômetros, ao lado do Rio Trenton, caudaloso e cheio de trutas.

Era impetuoso. Um futuro brilhante. Teria filhos e daria a eles todas as condições para estudar e se formarem doutores. A ferrovia era a maravilhosa cornucópia que os proveria. Ao se aposentar passaria a cuidar de cabras, formando um rebanho considerável, e trabalharia com leite e seus derivados. Com seu tino comercial, não havia negócio que fosse capaz de vencê-lo.

Tomou um último gole e se moveu na direção da garrafa para se servir de mais, quando entrou o presidente da companhia, seguido de alguns acólitos. Foram se acomodando ao longo e ao redor da mesa. Um a um. O último, ao entrar, chamou-lhe a atenção. Era parecido com alguém que conhecia ou que conhecera. Vestia roupas inadequadas para a ocasião. O homem sentou-se bem diante dele, do outro lado da mesa e passou a fitá-lo com interesse mal disfarçado.

Tentava ignorá-lo, mas nem ele nem os demais o conseguiam. Era um peixe fora d'água. O presidente começou a falar sobre o sucesso do avanço ferroviário e da difícil mas progressiva vitória contra a resistência indígena – principalmente os Sioux e os Pés-negros – com a ajuda de força militar financiada, enquanto um dos assistentes distribuía papéis com números e valores.

Além do financiamento estatal que garantia oito mil dólares por cada milha de estrada de ferro construída, caberia ainda a cada um dos executivos e financiadores particulares – sócios e acionistas – uma parcela de oitenta mil dólares para a fase final de assentamento dos trilhos. Era uma quantia bastante considerável e, junto com tudo que já desembolsara, investira cerca de duzentos mil dólares. A previsão de retorno dava conta de dez milhões de dólares só no primeiro ano. Em dois anos teria reembolsado o investimento com pequeno lucro. Nos anos seguintes poderia viver de renda.

A reunião prosseguiu por mais uma hora e depois voltaram a beber e contar piadas. O homem sentado à sua frente permaneceu quieto, absorto, impermeável às brincadeiras.

Quando se levantaram, aproximou-se do homem, querendo saber de quem se tratava.

– Desculpe, mas tenho a impressão de conhecê-lo de algum lugar – disse, cumprimentando-o gentilmente.

– É possível, mas improvável.

– O que faz?

– Você e todos devem estar curiosos sobre a minha presença nesta reunião.

– Não posso negar.

– Sou fazendeiro e possuo algumas terras onde a ferrovia pretende passar. Em vez de brigarmos, aceitei fazer negócios.

– Interessante e fora do comum. Não quis vendê-las, então?

– Preferi investi-las e tornar-me uma espécie de vaqueiro executivo investidor – riu-se o homem. – Além do que, já estou me cansando de caçar búfalos, estão rareando.

– Seu nome?

– Pode me chamar de Harvey. Harvey Duncan.

A água borbulhava placidamente acima de seu nariz. Estava mergulhado por tempo indeterminado, só os olhos de fora, fechados até aquele momento. Os abriu para observar a superfície irregular, coroada por montanhas de espuma. Levantou o rosto, pondo-o de fora. Sugou o ar com força, enchendo os pulmões.

Ainda estava lá, diante dele, a mesa de reuniões e as pessoas, muitas delas conhecidas. Sentia na boca o gosto do uísque. As conversas, as piadas... A entrada do presidente da companhia. Fora tão vivo que começava a duvidar do que era real. Real, realidade, realismo... Tudo parecia tão fantástico, tão surpreendente... A verdade, a que procurava, podia estar nos sonhos. Quando dormia retornava ao verdadeiro. Quando acordava, mergulhava no falso.

Harvey Duncan. Ouviu-o muito bem. E vira-o também. Era o mesmo homem, o mesmo a quem abatera com um tiro certeiro, quando ainda era um molambo, esfarrapado, um mendigo portando um Colt 45.

Era vivo desde poucos dias. Nascera numa caverna, lá dera sua primeira respiração, seus gemidos foram o choro convulsivo do bebê que vem ao mundo. Seus olhos abarcaram pela primeira vez aquele universo fascinante e lembrava-se bem, a primeira imagem, a primeira cena que despertara memórias antigas fora a dos abutres, como fiapos voando contra o céu.

Mas não os chamaria de mãe e pai por tê-los visto primeiro. Sua mãe era a caverna, o pai era o Colt 45.

Saiu do dormitório um quarto de hora mais tarde. Secara-se bem, tirando flocos imensos de espuma do corpo. Vestiu-se com a mesma roupa, a que retirara de Harvey. Prendeu o cinturão e pôs nele o Colt. Colocou o chapéu e abriu a porta se dirigindo para a caixa móvel.

Ainda bailavam as cenas da reunião. Os papeis repletos de números; quantidades de trabalhadores braçais empregados, comissões e adiantamentos para equipes de limpeza e extermínio, arregimentação e intimação. Numerários referentes a quantias enormes de martelos, pregos, dormentes e trilhos. Cascalho e brita em contagens gigantescas. Montantes ínfimos nas casas dos centavos para cada mínimo detalhe com uniformes, botões, cadarços, botas, água e comida, tendas, catres e uma infinidade de outras particularidades, muitas delas exclusivas dos capatazes que acompanhavam e geriam os trabalhos. Lembrava-se dos detalhes das roupas finas que cada um vestia; as cartolas e chapéus, as polainas, coletes e luvas. Lembrava-se também de Harvey Duncan e das roupas que usava. As mesmas que vestia agora. As mesmas.

Aguardava-o na caixa móvel o mesmo rapaz que o acompanhara ao dormitório e que lhe preparara o banho. Abriu a porta gradeada e aguardou que entrasse. Fechou-a num rangido. Ao aperto de um botão a caixa iniciou uma lenta queda.

Chegou ao saguão para ver uma pequena multidão o aguardando. Centenas de olhos voltados para ele, rostos ansiosos. Foi desconcertante ver o homem da cartola se aproximar, agitado. Era-lhe conhecido. Demais, até. Estivera na reunião. Estivera no sonho. Outros também, assim como Trevis e o homem da hospedaria em Downtown, cujo nome se esquecera.

– Deus meu! – balbuciou o homem – Deus meu! – repetiu com assombro – os homens lá fora, todos eles, são de Downtown. Quando mencionou a cidade, pensei... Juro que pensei que se tratava de uma alusão tola, uma referência equivocada. Mas vieram de lá, assim como você...

O Peregrino se deixou levar pelo braço. Estava ainda entorpecido por lembranças que afloravam à superfície inquieta da memória. Sonhos distantes que se solidificavam, criando formas, delineando-se.

– O trem, onde passa o trem? – perguntou confuso.

– O trem? De que trem está falando? – redarguiu Tom Swift, o chapeleiro.

– O mesmo que vai de leste a oeste, de norte a sul do país – respondeu o Peregrino.

– Não há trens, rapaz. Nem saberia dizer para onde iriam, se existissem. Fale-me mais de Downtown, me fale mais de você. A cidade, como a encontrou? As pessoas que estão fora, todas elas são de lá, não é verdade? Disseram-me. Contaram-me coisas terríveis, confirmando a lenda que todos ouvimos. Mas é impressionante! A lenda dá conta de que a cidade desapareceu há dezenas de anos. Tantos quantos uma ou mais gerações precisam para existir! Aqueles homens, rapaz! Aqueles homens... Se forem de Downtown, quantos anos têm?

Ocorreu ao Peregrino que o mais velho deveria ter mais de cem anos. Que o mais novo não teria menos de sessenta. Mas isso não importava. Não o incomodava a quantidade de anos que cada um acumulara na vida. Só lhe importava a reunião e as cabras.

Porque dissera que as criaria quando se aposentasse.

Não se deu conta de ter sentado diante de uma mesa na qual uma garrafa de bourbon já o aguardava. Não se deu conta de ter sido rodeado pelos presentes que ansiavam pelo que diria.

Acompanhava o movimentar caótico dos senhores distintos que participariam daquela reunião, numa sala finamente decorada. Na larga mesa várias garrafas de diversificadas bebidas. Copos de cristal. Cinzeiros e escarradeiras. Risos e olhares de cobiça. Relógios de algibeira, vez ou outra, consultados. E o presidente da companhia adentrando a sala, seguido de guarda-costas e de mais um homem, tão estranho ao ambiente que logo chamou a atenção de todos. Era Harvey Duncan. O homem que matara no deserto.

Isso era impossível. Totalmente impossível.

– Downtown está morrendo – disse – Não há crianças desde há muito. As pessoas envelhecem e morrem. A cidade morre – continuou – mas para que querem saber dessa cidade se recentemente um de seus juízes esteve lá? Como podem não conhecê-la?

Tom olhou para os amigos, todos surpresos.

– Houve uma grande distância entre os governantes desta cidade e nós, a população. Só sabíamos o que nos era permitido saber. O que sabemos de Downtown se refere a lendas antigas. Não propriamente favoráveis à nossa história.

– Onde estão as crianças? – perguntou, por fim.

– Em Uptown. É lá que estão. As de Downtown, segundo as lendas, e as de Middletown também. Middletown começou a morrer há sete anos – explicou Tom Swift.

– Não existem mais crianças de Downtown. Velhas demais, tempo demais, você entende?

– Entendo. Mas as de Middletown, essas ainda estão jovens.

– Essas ainda estão – concordou o Peregrino, fazendo menção de pegar a garrafa de bourbon, mas recuando a mão antes disso.

– Tragam-me uma garrafa de bom uísque. O melhor que o dinheiro pode comprar – e vasculhou no bolso os dólares que ganhara numa partida de pôquer em Downtown, quando enfiara o Colt na boca de Dinger. Jogou-os sobre a mesa. O uísque lhe foi trazido, mas os dólares permaneceram onde estavam. Como ninguém fez menção de retirá-los, enfiou-os novamente no bolso. Abriu a garrafa e bebeu do gargalo. Um gole grande. O sabor fazendo estardalhaço dentro da cabeça. O gosto familiar.

– Harvey Duncan – disse depois de estalar a língua. – Companhia ferroviária. Expansão territorial. Onde estou, afinal? Quem sou eu? Onde está todo o meu investimento?

Tom Swift e os demais ficaram em silêncio por alguns segundos, olhando para ele, espantados.

– Você é o Peregrino. É quem nos trará as crianças de volta. É isso o que diz nosso conhecimento interior.

– O que sabem a meu respeito?

– Não sabemos nada a seu respeito.

– Eu sou o homem que pensam que sou? E se for outro alguém, um homem que desconhecem?

– Será sempre o Peregrino. Mesmo que seja outro alguém que desconheçamos. Porque é o Peregrino. É o que dizem nossos corações. Nós o aguardamos cada dia com mais ansiedade. Sabíamos que entraria nesta cidade hoje pela manhã. Estava impresso em nossas mentes e corações. Sabíamos, e isso já nos basta.

– E irei em busca das crianças perdidas, é isso?

– É isso.

– E não me verei livre dessa maldição até que a cumpra, é isso?

Não responderam. Jamais entenderiam a missão como uma maldição. Ele era um herói. O homem que salvaria Middletown e as crianças. O homem que iria em busca das crianças de uma Downtown tão velha quanto o mais velho deles. Isso jamais seria uma maldição.

– Então vou em busca dessas crianças também. Até que todas estejam dentro do trem e eu as traga em segurança para casa. Depois vamos conversar, senhor, senhor Trevis, não é isso? – O Peregrino segurou a mão do homem à sua frente, olhando-o com cobiça – há maravilhas aqui nesta cidade que precisam de um homem forte e inteligente para organizá-las.

O resto do uísque acabou em minutos. Não era hora para descanso nem paradas desnecessárias. Havia uma missão e ela precisava ser cumprida. Pegaria o cavalo e iria imediatamente para Uptown. Quanto mais rápido desse conta da empreitada, mais cedo retornaria para um futuro de investimentos e lucros. Que o acompanhasse quem estivesse apto e apresentasse a coragem necessária.

3º Ciclo

"Crianças e engrenagens, crianças e engrenagens,
crianças e engrenagens... Quanto mais penso nisso,
mais semelhanças vejo entre elas."

Harvey Duncan - 1877

Capítulo 22

Uma correnteza profunda e assustadora o fez perder a infância.

Entre os focos de incêndio havia alguma vida. Homens e mulheres caminhavam de um lado a outro, sem certeza do que fazer e para quem fazer. Olhares angustiados, próprios dos que perderam o escopo, dos que se distanciaram do objetivo. Comuns a pessoas cujas metas e ideais exigiam oposição tirânica. Os opositores foram derrubados, mãos contrárias foram cortadas. Não sabiam o que lhes restava fazer. Trabalhar para quem, e sob a chibata de que feitor.

Olhavam-no com desconfiança. Como quem teme a presença de uma possível ameaça que venha substituir a anterior, ou como quem anseia por isso. O óculo sobre o olho esquerdo aumentava-lhes a sensação.

Trotava com o cavalo pelas ruas de Middletown. O restante da tropa – imaginava ser uma, mesmo que estivessem todos muito longe de se assemelhar a uma força policial – preferira descansar, tombando o corpo extenuado pelos bancos de praças, ruas e calçadas. Pouca diferença havia entre o chão duro de tábuas dos alpendres ou as ruas e sarjetas atijoladas. Comiam e bebiam o que moradores assustados lhes ofereciam.

Aquela era, então, a cidade de Middletown, local aonde Finnegan e Harvey vinham, vez ou outra, segundo diziam. Espantavam-no as máquinas barulhentas que rodavam pelas ruas, soltando bafos fumarentos. Intrigava-o como podiam se mover, embora o intrigasse também a existência dos simbiontes. E dos mecanismos todos que viu durante o trajeto até a cidade.

Ficaria aqui se pudesse. Tinha uma aura de vida que Downtown há muito deixara de possuir. Havia garotas. Havia uma vida comercial maravilhosa, com lojas oferecendo produtos que sequer imaginava existir. Homens e mulheres bem vestidos, com trajes estranhos que se diferiam muito dos de onde viera.

Pareciam mais saudáveis, mais alegres, mais vivos. Isso apesar da destruição. Havia construções grandes e largas que ladeavam a cidade. Todas elas semidemolidas. Algumas pessoas próximas, pulando felizes, jogando achas nas chamas e correndo delas quando explodiam com mais força.

Assistira a uma entrada grandiosa e oportuna.

Era apenas um garoto de doze anos sobre um cavalo cansado. Nem tão covarde ao ponto de fugir de um enfrentamento, nem tão corajoso para lutar de peito aberto. Pretendia ter uma vida longa e, se possível, próspera.

Talvez lhe bastasse arrumar uma companheira num futuro próximo, ter um teto e um trabalho dignos. Mas a viagem ainda não chegara ao fim e Uptown era a grande incógnita.

Andou em ziguezague pelas ruas, entrando em algumas ruelas. Nelas o silêncio era absoluto, com exceção do vento jogando pequenos objetos, em outras parecia ouvir um ronco surdo, quase imperceptível, de origem indefinida. Ousou, em duas ocasiões, descer do cavalo e tentar seguir o barulho, mas chegava sempre a alguma parede ou beco sem saída.

O chão tremia levemente onde o barulho era maior. Estava claro que havia algum tipo de atividade subterrânea, mas lhe fugia a espécie. Tentou chamar a atenção de um ou outro transeunte, mas a eles parecia não haver ruído algum. Nada ouviam, mesmo que parecessem se esforçar nesse sentido. Outros lhes deram as costas, ignorando o seu pedido. Havia algo sob o solo da cidade, mas desistira de descobrir o quê.

Voltara a seguir cursos mais movimentados, indo junto ao que chamavam de móbiles, sejam com três, quatro, cinco ou mais rodas. Tossia sob a fumaça constante, mas sem perder em momento nenhum a admiração pelos aparatos mecânicos.

Quem sabe se não os trocariam pelos cavalos. Não pareciam precisar beber nem comer. Não havia espaço para a lenha nem para a água, não havia caldeira aparente. Moviam-se com o mesmo encanto e mistério que tantos outros aparatos, cada vez mais constantes desde que saíram de Downtown.

Ver tantas maravilhas o fizera esquecer por momentos a figura do homem que os guiara pelo deserto. Era impossível não alternar por ele sentimentos de admiração e medo.

Dissera que viera de uma caverna, num local além do Posto de Trocas. Mas a única coisa que sabia daquela região era que era inóspita. Só búfalos e mais nada. Harvey sempre contara histórias de como as caçadas se davam, de como um dia iria para essas paragens para a caçada final e de como o Sol e a areia do deserto conspiravam para levar qualquer um à loucura.

Encontrou Trevis encostado a uma coluna de madeira, pintada de verde musgo e onde, mais acima, estava pregado um cartaz anunciando anáguas e cintas-ligas por preços especiais, na loja de Dona Charlotte, na esquina da Rua 28 com a 32, próximo à sorveteria De Lillo. Uma ilustração bastante realista deixou-o com olhos arregalados por alguns instantes.

Trevis estava prostrado. Exibia olheiras e ferimentos pelo corpo; alguns cicatrizados e outros ainda purgando secreções que deixavam manchas vermelhas amareladas na camisa suja. Não havia um só que escapara ileso dos perigos enfrentados na viagem. Ele mesmo possuía escoriações pelo corpo, embora nenhuma delas tenha sangrado. Até mesmo o Peregrino fora atacado e ferido, coisa que muito o surpreendia, mas não ajudava a tirar dele as dúvidas que vinha alimentando.

– Essas coisas penduradas em fios, por toda a cidade, me põe nervoso – disse John, olhando para cima.

– São lâmpadas. Pelo menos é o que disseram duas jovens senhoritas que amavelmente me serviram limonada – respondeu Trevis, erguendo o olhar.

– E o que são lâmpadas? – voltou John.

– Servem para transformar a noite em dia.

– Mágica! – exclamou John, estupefato.

– Mágica – constatou Trevis com um leve meneio da cabeça.

Quedaram-se silenciosos por alguns instantes.

– Não haverá descanso. Partiremos logo – retornou Trevis, mudando o rumo da conversa.

John Doe desceu do cavalo, segurando as rédeas, e olhou o velho ferreiro, o último com quem mantinha uma relação de afinidade.

– Pensei mesmo que não ficaríamos aqui por muito tempo.

– Grandes mudanças, hein? – Trevis se moveu com alguma dificuldade, sorrindo mesmo com as dores no corpo.

– Mudanças? Que tipo?

– Ontem era um simples alimentador de fornalhas. Hoje...

John Doe deu um meio sorriso. Não precisou olhar para si para se reconhecer completamente diferente de alguns dias antes. Envelhecera muitos anos em poucas horas. Carregava um rifle, vestia-se como um vaqueiro, exibia um óculo retrátil sobre o olho esquerdo e uma expressão típica de alguém pronto a morrer ou matar. O menino que alimentara uma caldeira com lenha morrera no Posto de Trocas, baleado por uma bala invisível, disparada pelo mesmo Colt 45 que matara Finnegan, Maryanne e Harvey.

– Hoje estamos aqui... Atrás de algo que não sabemos o que é – ciciou Trevis.

– Mas encontraremos – disse-lhe John.

– Sempre encontramos, não é? A vida sempre nos faz encontrar alguma coisa, seja aquilo pelo qual esperávamos, ou não. Não tenho bons pressentimentos.

– Pode ficar, se quiser. Está ferido. Seria melhor – aconselhou-o John.

– Se vim até aqui... Há alguém que aguarda respostas – Trevis pensou em Martha, longe dali, numa Downtown que ia se transformando em sonho, escondida nas areias do deserto. John Doe concordou. Sabia sobre quem se referia.

Calaram-se depois disso. Trevis olhando Doe com olhos saudosos de quem vê uma criança diante de si, mesmo tendo se transformado num homem em tão pouco tempo. Doe constrangido por se saber uma criança sob a casca rude que esculpira sobre si mesmo.

Sabia ser o único tão jovem em todas as cidades próximas, excetuando-se Uptown, onde deveriam estar as demais. Talvez por isso o olhassem com espanto e medo, reverência e repulsa enquanto trotava pela cidade.

Era uma criança armada. Com expressão adulta e gestos toscos. Perdera a graça infantil, que desaparecera no momento em que tivera o forasteiro diante de si, na saída do Posto de Trocas, no momento em que vira o olhar negro e profundo, sem emoção, sem vida. Quase pôde ouvir o barulho de uma correnteza profunda e assustadora. Isso o fez perder a infância para sempre.

– Se houver crianças em Uptown, nós as traremos – disse John Doe, depois de um longo silêncio. Ouviram, depois, vozes agitadas. As portas do hotel se abriram e saiu o Peregrino. Seguido por dezenas que o cercavam. Viram-no montar no cavalo simbionte. Os demais fizeram o mesmo.

Não houve palavras, nem discursos. O homem da cartola permaneceu diante do hotel, exibindo um olhar apaixonado. Observava o grupo ir se aglutinando numa massa compacta. Uma grande caravana partiria para uma busca gloriosa. As mulheres da cidade se aproximaram, agitando lenços. Lágrimas foram derramadas.

Quando finalmente se moveram, as ruas estremeceram sob as patas de tantos animais. Eram centenas de pessoas unidas num único propósito. O Peregrino seguia à frente. Figura estranha e desconexa, longe do ideal do herói que qualquer um teria sonhado.

Quando o último homem passou pelos limites da cidade, um vento longo, frio e lamentoso soprou fazendo voar alguns chapéus. Nuvens negras se formaram no horizonte.

Capítulo 23

O vento furioso parecia correr por entre a bruma, sem, contudo, tocá-la.

Saíra da caverna se escorando em rochas e saliências para não cair enquanto descia a montanha íngreme. Chegara a Downtown levando atrás de si um garoto petulante e xereta. Ficara lá o tempo necessário para matar um juiz, um abutre e dois delegados simbiontes. Saíra da cidade arrastando quase uma centena de homens, obcecados em segui-lo como a um messias, firmes no propósito de acompanhá-lo até onde fosse possível para ajudá-lo ou apenas vê-lo triunfar diante de todos os obstáculos e resgatar as crianças que foram, um dia, sequestradas. Não podia dizer que seus últimos dias foram um fracasso. Tivera oportunidade de raciocinar com bastante clareza diante de inúmeras possibilidades que se lhe apresentaram. As crianças eram, afinal, um excelente pretexto para ir desbravando aquele grande território. Vinha fazendo descobertas desorientadoras que lhe abalavam as convicções. Mas tinha certeza de uma coisa: ficaria tão rico como jamais sonhara um dia.

Saía agora de Middletown e atrelado a ele vinha um grupamento humano bastante grande, reunindo mais de duzentos e cinquenta homens. Perguntava-se quantos homens viriam atrás dele quando saísse de Uptown. Que incrível turba o seguiria. Estava atônito não só pela sucessão de acontecimentos, como pela sincronicidade em que tudo se encaixava. Parecia tão óbvio, tão natural, tão aguardado, que duvidava sinceramente que qualquer coisa pudesse dar errado em Uptown. Sairia de lá com todas as crianças ou apenas com algumas, as que lá estivessem, e voltaria com elas.

Voltou-se e olhou o imenso grupo. Vinham com uma das mãos

segurando as rédeas e a outra os chapéus, que ameaçavam voar. As nuvens iam se formando no horizonte, grandes cúmulos abobadados, sobrepondo-se uns sobre os outros.

Não sabiam onde ficava Uptown. Assim como saíram de Downtown sem direção exata e chegaram ao destino almejado, chegariam agora também.

Middletown já não era mais visível. Estavam mergulhados dentro da planície. O vento soprava forte, arrastando nesgas das nuvens na direção deles. Estendiam-se no céu como dedos longilíneos tentando alcançá-los. Não era uma visão confortável.

Iam recurvados sobre os cavalos, rostos protegidos da tempestade de poeira. Mantinham a coesão, evitando se distanciarem uns dos outros. Um bloco maciço trotando com cautela na direção de uma cadeia distante de montanhas, coberta por nuvens densas e nigérrimas. Uma bruma esbranquiçada e misteriosa os ia envolvendo de forma a tornar a atuação dos tórridos raios solares em nada mais que uma leve e morna carícia sobre a pele.

O perigo da bruma se adensar e envolvê-los todos de maneira que ficassem privados de qualquer noção de distância era razoável. Era vital que mantivessem a coesão para que um ou outro não viesse a se perder pela planície.

Admirava ao Peregrino a brusca mudança de clima. Estavam numa região quente onde mudanças dessa espécie eram incomuns, resultando quando muito numa chuva forte e rápida. O que via era uma condição rara, provocada provavelmente pela alta cadeia de montanhas que buscavam alcançar – teoria que tentava formular, mesmo levando em conta que Mogul também possuía cumes elevadíssimos e não arrastava consigo um véu carregado de nuvens, ribombando tempestades elétricas em seu bojo.

John Doe estava em meio ao grupo, cercado por todos os lados. Os cavalos trotavam em cadência, sem tropeçarem uns nos outros. Ninguém falava, ninguém grunhia. Seguiam todos calados, rostos inclinados para baixo, mãos bem agarradas às rédeas e aos chapéus cujas abas se retorciam contra o vento.

O Sol ia desaparecendo aos poucos, encoberto por uma bruma morna. O vento não a espalhava como seria de se supor e respirá-la era estranho, já que parecia formada por fiapos finíssimos e úmidos de um levíssimo tecido. Admirou-se ao erguer o rosto e tentar enxergar mais à frente. Visibilidade mínima; podia enxergar os cavaleiros mais próximos, os vizinhos, Os demais, porém, ficavam mergulhados da neblina, parecendo projeções fantasmagóricas.

O vento os açoitava sem trégua. Era absurdo. Não podia crer que tamanha força era incapaz de mover um único fragmento da bruma que os envolvia, como se corresse por ela, sem tocá-la.

Jamais imaginara que pudesse haver tantas maravilhas no mundo partilhado por apenas três cidades conhecidas. Jamais ouvira falar de outras. Jamais ouvira falar de nada além das planícies onde essas três cidades existiam.

Pensava em Uptown e estremecia. Que cidade magnífica e extremamente perigosa poderia ser. Sentia o sangue ferver nas veias, de medo, de ansiedade, de expectativa, de covardia.

Avançavam todos sem diminuir o ritmo, sem esboçar qualquer reação ao espetáculo do impossível que acontecia. Todos na posição que adotaram para evitar o vento e o fustigar do pó, como agulhas enfurecidas, sobre a pele do rosto. Uma onda rolando para frente sem questionamentos.

Quase perdeu o chapéu ao relaxar o aperto. Sentiu o rosto ardendo sob o impacto do vento, os olhos semicerrados tentando enxergar o que não podia ser enxergado. Tentando vencer a muralha que o denso nevoeiro lhes oferecia. Procurava por um rosto conhecido em meio aos poucos que o rodeavam. Ninguém perto dele era de Downtown. Trevis, que o acompanhava lado a lado quando partiram, desaparecera dentro da caravana.

O Peregrino não enxergava nada adiante. E pouco atrás. Podia ouvir o trotar dos cavalos, alguns relinchando ao soar dos primeiros trovões.

A correnteza se agitava devagar. As águas se encrespavam aos poucos. Sinal de perigo não imediato, mas próximo. Agradecia por esse sentimento. Podia antecipar ameaças, preservando a própria vida.

Pensou nos demais que o acompanhavam. Eram muitos e pouco poderia fazer para protegê-los. Que cada um e cada qual assumisse sua cota de responsabilidade na jornada e lutasse pela própria vida. O acompanhavam por vontade própria e não por obrigação.

Procurou se esquecer do vento e da areia fustigante, da névoa carregada e dos trovões que iam se avolumando. Buscou se concentrar no sonho que tivera de manhã, quando mergulhado no cocho de água quente e espumosa.

Vasculhava a memória atrás dos rostos dos homens que aguardavam o início da reunião. Muitos eram conhecidos. Vira Trevis num elegante corte, cavanhaque, monóculo e charutos finos que acendia um após o outro. Vira o homem da cartola, chamado Tom Swift, em pé diante de uma escarradeira, agitando um copo de uísque nas mãos. Vira o dono da hospedaria em Downtown envolto numa nuvem de fumaça esbranquiçada, que soltava do nariz, o cigarro entre os dedos médio e indicador, os olhos miúdos, preocupados. Vira outros cujos rostos observara nas suas andanças.

Imaginava o que Harvey estaria fazendo naquele sonho. Um homem tão díspar do grupo que se reunia. Lembrava-se da entrada séria e circunspecta do presidente da rede ferroviária, seguido por colaboradores. Dele não tirava nenhuma semelhança com outro conhecido qualquer. Era-lhe completamente desconhecido.

Mas não fora o único sonho que tivera desde que saíra da caverna. Havia outros, todos eles repletos de significados que temia conhecer. Sentia gelar-lhe as pernas quando imaginava que se relacionavam a uma vida pregressa, anterior ao encerramento na caverna. Os fragmentos de memória que lutavam para se libertar podiam já fazer parte de uma verdade que se recusava a aceitar. Ao mesmo tempo em que ansiava por saber tudo sobre o passado, temia que esse conhecimento pudesse destruí-lo.

O vento se intensificou. Foram agredidos por um baque violento que os fez tremer sobre os cavalos. Um relâmpago acabara de explodir a uma centena de metros. As nuvens negras se avolumavam e se aproximavam, vencendo a brancura úmida da névoa que os envolvia. Cavalos refugaram, relinchando. Não queriam prosseguir, temiam a sorte dentro da tormenta.

Chegaram diante de um vale. O vento soprava de todas as direções e a névoa, antes tão grossa e encorpada ia se rarefazendo. Gotas grossas começaram a cair ainda esparsas. Um uivo longo seguido por uma risada tenebrosa surpreendeu o grupo.

Capítulo 24

Risos, uivos e mais algumas cabeças a enfeitar seres horripilantes que deslizam pelas rochas.

A chuva caía com intensidade. A bruma ficara para trás, mas isso nada lhes favorecia em visibilidade uma vez que a tormenta prejudicava-lhes a visão da mesma forma. Alguns, os mais previdentes, retiraram mantos largos e capas dos alforjes para se protegerem. Outros se renderam ao inevitável, recebendo nas costas a chuva grossa.

As risadas e uivos continuavam. Pareciam cercá-los. A chuva escorria pelas paredes rochosas como uma cascata interminável. Chocava-se contra as reentrâncias, penetrava em fendas, circundava elevações e transbordava breves lajes. Chegava ao solo em grande profusão, inundando-o. Os cavalos chapinhavam sobre a corredeira, com água nos tornozelos.

Ocorreu ao Peregrino parar para um descanso, mas não encontrara, até então, um único desvão onde pudesse se abrigar. Relâmpagos e trovões se sucediam. O aguaceiro não podia durar muito tempo. Era intenso demais, arrebatador em excesso para perdurar.

Os animais começaram a demonstrar cansaço. Era premente um descanso, mas a situação não lhes favorecia. Sem alternativas, estancaram numa clareira, formaram um círculo dentro da área em que se encontravam e se prepararam para um descanso forçado sob a chuvarada.

A força das águas arrastava pequenas pedras e muita lama. O cavalo simbionte lampejava sob os relâmpagos. O Peregrino tirou uma garrafa de uísque do alforje. Olhou-a antes de beber. Até então viera tomando bourbon. A mudança o surpreendia. Era como se a primeira bebida deixasse de lhe fazer sentido. Como se bebesse movido por uma necessidade tola e inexplicável. Súbito, era o uísque que passava a fazer todo o sentido do mundo, como se fosse a beberagem mais apropriada, sempre e em qualquer situação.

– Precisamos encontrar um abrigo! – gritou-lhe um homem que não conhecia. Sabia disto muito bem e ficaria grato se o homem encontrasse um. Fez-lhe sinal para avançar e procurar. Já haviam andado bastante; não precisavam extenuar os cavalos além de seus limites. Mas se alguém se achava com mais sorte, que fizesse a procura.

Alguns homens dentro da roda estenderam capas e mantos sobre os cavalos, montando tendas improvisadas. Rostos cansados e feições esgotadas fracamente iluminadas por fósforos e brasas de cigarro.

Era consenso que a presença do Peregrino oferecia grande proteção. Aguardaram-no toda a vida. Acompanhavam-no fielmente rumo à cidade que lhes roubara as crianças. A cidade que lhes enviara progresso tecnológico e também delegados e dirigentes simbiontes e leis restritivas que lhes tolhiam a liberdade, obrigando-os a trabalhar o dobro por pouca recompensa além da vida, que já o era muito, segundo lhes diziam.

John Doe os ouvia, calado e pensativo. Não lhes tirava a razão de acreditar no que bem lhes aprouvesse, diante das agruras que sofriam. Sabia dessas histórias, contadas em Downtown desde sempre. Ouvira-as à boca miúda por gente que aparecia no Finnegan's para beber alguma coisa e morrer em seguida.

Mas discutiria sempre a importância do homem a quem chamavam de Peregrino. O vira em ação e inadvertidamente fitara-lhe os olhos após ter dado cabo de Finnegan – ambos mergulhados num rio tão negro e profundo que quase se afogaram nele. Não tinha como não colocar em dúvida as reais intenções desse homem em todo o processo. Sem contar que o homem demonstrava uma frieza revoltante, comportando-se como se todos ali não passassem de um gigantesco fardo.

Não lhe parecia que alguém com tais poderes pudesse ser humano. Sabia fazer contas e, nesse caso, dois mais dois indicavam um simbionte. Também sabia raciocinar o bastante para entender que simbiontes eram especialidade de Uptown. Assim, por conclusão, o Peregrino seria uma cria simbionte, guiando-os para uma emboscada.

Permaneceria mergulhado em conjeturas repetindo-as uma a uma, até se esgotar, mas risadas e uivos mais próximos o fizeram saltar. Assim como ele, outros estremeceram. Um grito distante e alguns disparos ecoaram pelo vale.

Não foram poucos os que enxergaram as formas que percorriam as paredes como se delas fizessem parte. Principalmente os que estavam nas regiões limítrofes. Foram estes a disparar. Miraram nas coisas que rastejavam nas rochas. Não conseguiam distingui-las com precisão, afora o fato de que as percorriam como se fossem lagartos. E uivavam e riam de maneira assustadora. Pareciam se multiplicar, cobrindo a muralha. A chuva passava por elas sem lhes causar nenhum incômodo.

Os tiros não encontraram alvo. Nenhum dos seres tombou, nem emitiu outro som senão uivos e risadas. Aos poucos pararam de atirar. Estavam mais curiosos que assustados; olhavam o remexer nas pedras, ignorando a chuva torrencial, os trovões e os relâmpagos. Admiravam-se com as formas bizarras, riam até. Um deles, exibindo coragem e insensatez enormes, aproximou-se para vê-los melhor. Recostou-se numa rocha, na ponta dos pés. Esforçava-se para enxergar o que a chuva e a escuridão lhe ocultavam.

Os mais próximos foram brindados com uma cena assustadora. O homem foi sugado pela pedra, penetrando nela inteiro, até desaparecer. Em seguida foi dela cuspido, mas sem a cabeça. Do pescoço jorrava um sangue escarlate que se misturava ao aguaceiro. Da rocha surgiu um dos seres, exibindo uma cabeça sobre o pescoço curto e escamoso que em tudo se parecia com a do homem. E dessa boca brotaram risos e uivos.

O tiroteio que se deu contra os seres coincidiu com o rolar de um corpo sem cabeça, arrastado pelo aguaceiro, indo parar aos pés do Peregrino. Não precisou da cabeça para reconhecer que se tratava do indivíduo que reclamara e fora em busca de um abrigo.

Embora a correnteza não o alarmasse, sacou o Colt. Olhou para frente e nada viu a não ser o negror a indicar a extensão do vale. As laterais apresentavam paredes íngremes. Havia sombras correndo por elas, mas não podia discerni-las.

– São lagartos, ou se parecem com eles – disse John Doe, aproximando-se um pouco. Estava com o óculo sobre o olho esquerdo, utilizando-o para uma visão mais precisa.

– Lagartos riem? – perguntou o Peregrino, incomodado com a presença do garoto xereta.

– Lagartos com cabeças humanas, sim – respondeu John Doe, com as feições subitamente pálidas.

Do outro lado homens gritavam e atiravam numa correria insana. Atropelavam-se uns aos outros e aos cavalos, que empinavam assustados com a confusão. Foi impossível impedir que alguns corressem rumo ao desconhecido e também inevitável impedir seus proprietários de correrem atrás deles. Isso provocou mais gritos e disparos, e mais risos e uivos. E mais cabeças a enfeitar seres horripilantes que deslizavam pelas rochas em algazarra.

Olhares esgazeados de um lado a outro, observando as coisas que rastejavam, rindo e uivando. Cabeças humanas encimando pescoços escamosos. Os gritos do Peregrino para que se acalmassem e se reunissem no centro da clareira os tranquilizou um pouco, mas não o suficiente. Dois disparos sucessivos o ajudaram na tarefa. Principalmente quando viram que esses disparos derrubaram dois monstros.

Foi o próprio Peregrino a se aproximar de um deles para puxá-lo pela cauda. Tronco peludo no abdômen e com penachos nas costas. Cauda despelada como a de um rato. Patas de lagarto. Mas foi quando o virou para olhar o rosto que a cabeça calva e repleta de verrugas exibia, que todos exclamaram assustados. Exibia as feições do Peregrino em todos os detalhes, com alguns acréscimos. Pele manchada e pustulenta, uma baba grossa escorrendo pela boca.

Afastaram-se dele e do monstro. Olhares perplexos. Ele estava estarrecido, completamente absorto no rosto que tinha à frente. Era inacreditável. Murmúrios começaram. Os homens demonstravam desconfiança. John Doe quase exultava.

O animal repulsivo ainda se mexia. A cabeça virou lentamente e fitou o Peregrino.

– Madeleine – sussurrou engasgado pela baba. – Madeleine, onde está você – então riu um riso entrecortado antes de levar um tiro na cabeça que fez seus miolos se espalharem. O Peregrino então saiu dando tiros para os rochedos, mirando as coisas que corriam em desembalada carreira, fugindo das balas sem poderem fazê-lo. Tombados, exibiam a mesma face do homem que os derrubara.

O Peregrino apontava a arma, tenso, para todos os lados, ameaçando, inclusive, os homens que o seguiam. Estes, atônitos, custando a crer que os monstros das rochas pudessem exibir a mesma cabeça, o mesmo rosto, o mesmo olhar frio e impiedoso do homem que seguiam tão fielmente. E naquele momento sentiram uma aflição intensa, começando a duvidar se o homem era mesmo confiável ou não.

– Madeleine – murmurou o Peregrino, tentando trazer à tona qualquer lembrança com relação ao nome. Havia algo dentro dele que parecia autenticar a referência, mas não sabia de onde, nem de quando. Abaixou a arma, olhando a primeira fileira de homens, compactos sob a chuva.

– Eu não sei... – começou a dizer. – Não posso explicar... – continuou. Olhos observando botas molhadas e água e lama e uma infinidade de gotas chapinhando. O Colt apontado para o chão, mas ainda bem seguro nas mãos. O dedo indicador no gatilho. A atenção toda voltada para o homem depois da quarta fileira, oculto por cabeças e chapéus encharcados. Atento a uma arma sacada, o barulho quase imperceptível de um gatilho sendo puxado.

– Eu não sou um monstro! – bradou, incerto se devia ou não acreditar nele mesmo. Ergueu o Colt ao mesmo tempo em que o homem oculto forçava passagem para tê-lo diante de si. Puxou o gatilho quando o impetuoso jovem ergueu a própria arma.

O quase menino espatifou-se no chão, misturando mais sangue ao solo encharcado. As pessoas ao redor formaram uma roda, olhando estarrecidos para o corpo.

– Eu não sou um monstro – repetiu o Peregrino, guardando a arma no coldre. – Isso é magia. Isso é loucura. Nada disso é real.

Silenciosos, os homens foram montando para retomarem a caminhada. O grupo se questionando se o jovem que perecera estivera errado no julgamento, ou não.

O Peregrino mergulhado em reflexões, incerto sobre a sua própria natureza.

Capítulo 25

Centenas de índios surgiram do nada, gritando e agitando tomahawks.

A chuva se transformara numa garoa fina e insistente. Relâmpagos e trovões ficaram para trás. Ouviam as passadas dos cavalos sobre o solo ora rochoso ora barrento; a respiração barulhenta de uns e outros, lamentos discretos, resmungos, espirros e eventuais bocejos. Era comum o estrebuchar de algumas montarias. Seguiam numa coluna coesa, oito homens a menos. Corpos jogados pelo caminho.

O estreito que cruzavam terminou num vale pontilhado por rochedos, muitas deles com altura próxima a dois ou três metros. Menires se projetando do solo, como dedos acusadores. A garoa continuava, mas era intermitente. Soprava um vento quente e úmido.

Prosseguiram por alguns minutos, contornando os pilares de pedra, até que o Peregrino parou já seguro para desmontar. Pediu aos mais próximos que passassem a mensagem de que iriam acampar naquele ponto. Que aproveitassem as rochas para improvisar tendas.

Houve temor generalizado em relação aos menires. Temiam tocá-los. Achavam que seriam sugados e depois cuspidos sem as cabeças, com elas a ornar o corpo de um uivador maldito.

O esgotamento era tão intenso que não houve tempo para conversas nem temores. Os homens foram tombando, vencidos pelo cansaço. Recostavam-se nas pedras e uns nos outros. Logo muitos ressonavam. Poucos se deram ao trabalho de permanecer acordados, olhos e ouvidos atentos a qualquer perigo.

O Peregrino era um deles. Bebericando uísque. A correnteza ainda buliçosa. Estavam em território estranho e expostos a perigos ignorados. Isso explicava porque se sentia inquieto e sobressaltado. Havia turbulência dentro dele.

O pensamento, porém, estava longe. Pensava na casa de paredes brancas que fora edificada próxima a um rio caudaloso. Pensava no ensopado que borbulhava no fogão e na mulher que se entregava tão lascivamente a outro homem. Pensava nos dois, assassinados a tiros. E estremecia, amedrontado, imaginando até onde estava metido naquilo. Até onde era o responsável. E até onde o nome "Madeleine" tinha a ver com toda a história.

Um espocar de luz mais distante o desviou daquela distração. Uma fogueira súbita. Observou-a imaginando onde os homens teriam obtido a madeira necessária para acendê-la. Logo mais, outros focos surgiram, pipocando aqui e ali. Talvez estivessem queimando os próprios pertences, apreensivos com a escuridão insistente, pensou. Não lhes tiraria a razão.

Mas não foram só chamas intervaladas que apareceram. Ouviu gritos também. Em instantes eles se multiplicaram até se formar uma zoada. Tendas se incendiavam, armas eram sacadas e tiros eram dados a esmo, sem alvo fixo.

Levou a mão ao revólver, empunhando-o com velocidade espantosa. Ergueu o cano e puxou uma vez o gatilho, espatifando uma flecha que se dirigia para ele, já próxima de atingi-lo. Os fragmentos se espalharam, incendiados, pela redondeza.

– Protejam-se! – gritou alguém em meio aos menires.

– Índios! – gritou outro, com a voz esganiçada.

A constatação foi provocada pelas flechas que caíam em profusão. Sempre certeiras e mortais. Os homens corriam de um lado a outro, espremiam-se contra as rochas, mal se davam conta do quanto estavam expostos.

As chamas provinham dos corpos que se incendiavam assim que atingidos. Transformavam-se em tochas de grande força e luminosidade. De tal forma que nem a razão nem a imaginação poderiam supor. Um fogo maligno e poderosamente destrutivo. O Peregrino correu, disparando seu revólver ao acaso. Procurava John Doe. Não era uma busca motivada por razões objetivas. Não sabia por que ia atrás dele. Só queria encontrá-lo.

Os homens, esses coitados, iam desesperados, fugindo não sabiam do que, embora as flechas continuassem caindo. Atiravam enlouquecidos, atingindo uns aos outros.

John Doe estava aflito, sentado sobre os calcanhares diante de um corpo incendiado. A espingarda firme nas mãos. Olhava assustado para todos os lados e tremelicava. O Peregrino o puxou instantes antes de uma flecha cair no mesmo lugar em que estivera. Assim que estancou o movimento de penetração no solo, explodiu numa chama violácea. A terra molhada ao redor chiava e derretia, vitrificando sob o intenso calor desprendido.

– Me deixe! – berrou John Doe, a voz embargada pela emoção e pelo ódio. Em outras circunstâncias o Peregrino não discutiria tal pedido. Salvar John Doe era necessário e faria isso, mesmo que precisasse bater no desgraçado.

– Me deixe – repetiu o garoto, entregue ao choro convulsivo, enquanto era arrastado dali. – Aquele é Trevis, não podemos deixá-lo, não podemos...

Ho hóyewayin Wakan Wanagi. Ho hóyewayin Wakan Wanagi. Wówakhan. Hé wichúnt'e itóiyohila oyáte, wakhanheza, wínyen, wichá, chéunniciyapi, unkiksuyapi He hé wichúnt'e, ho, hé wichúnt'e wakan, Nithúnkasila chókilapi.

O Peregrino estancou no momento em que ouviu a cantilena já conhecida. Os músculos tensos, os sentidos em alerta máximo. O Colt apontado para a esquerda, numa confusão de pedras e homens. Discerniu ao longe o grito e o cavalgar. Sentiu tremer a terra sob seus pés, anunciando a chegada iminente de visitantes em pé de guerra.

As flechas terminaram de cair. Vários corpos ardiam criando um campo de batalha com excelente visibilidade para ambos os exércitos. Lamentava que estivessem tão despreparados. O medo dispersara os homens. Eles corriam atônitos, alheios ao perigo.

Abriu fogo no momento em que um cavalo surgiu levando nas costas um índio. Machadinha e lança. O índio foi arremessado ao chão. O cavalo desapareceu num redemoinho de vento e pó. Centenas surgiram do nada, gritando e agitando tomahawks. Arrancavam escalpos com rapidez, afundavam crânios, esgoelavam homens que, perplexos, apenas acompanhavam o rápido manejar das toscas armas antes de gorgolejarem no próprio sangue.

Ainda prendia John Doe, que lutava para ser solto. Era difícil, mas não impossível, ficar disparando sem parar, derrubando índios, salvando alguns imbecis de terem a cabeça arrancada. Logo John Doe foi libertado e, recuperado do choque, abria fogo contra os agressores.

A luta prosseguiu por longos e extenuantes minutos. Corpos ainda crepitavam, não dando mostras de parar a queima. Vórtices de pó iam se formando com cada vez mais velocidade, demonstrando a quantidade de cavalos que desapareciam e a quantidade de índios que eram derrubados.

O último índio foi morto com um escalpo nas mãos. Gritava em êxtase, mostrando-o para todos, como a um troféu. O homem com a cabeça raspada até o osso se debatia no chão, convulsionado pela dor. O Peregrino o matou com um tiro na nuca. Interrompeu a gritaria e mergulhou o vale num súbito silêncio, só quebrado por fracos gemidos e pelas fogueiras que chamejavam.

– *Ho hóyewayin Wakan Wanagi. Ho hóyewayin Wakan Wanagi. Wówakhan. Hé wichúnt'e itóiyohila oyáte, wakhanheza, wínyen, wichá, chéunniciyapi, unkiksuyapi He hé wichúnt'e, ho, hé wichúnt'e wakan, Nithúnkasila chókilapi* – murmurou o Peregrino.

Repetiu a cantilena de cor, palavra por palavra como as ouvira da primeira vez em sonho e da segunda, minutos antes da carnificina. John Doe acompanhava os lábios se moverem, absorto no que era dito.

– Não sei o que significa, mas não deve ser coisa boa – disse o Peregrino por fim, colocando o Colt de volta no coldre. Sorriu melancólico, olhou ao redor e pensou que seria bom alguém fazer contas. Havia muitos mortos.

Muitos.

Capítulo 26

O púbis exposto, pequeno triângulo de pelos.

Não havia noite nem dia. O céu – se é que era céu o que os sobrepunha – se mantinha profundamente negro. Sem nuvens a acobertá-los, não tinham como saber. Acostumar-se à escuridão era condição natural depois de tanto tempo nela. Mas só conseguiam discernir até uma determinada distância. O resto se mantinha mergulhado em águas turvas.

Não fizeram conta dos mortos. Mais fácil foi sair em busca dos vivos e dos agonizantes. Os moribundos acabaram sacrificados, os demais foram arrancados do choque para que pudessem sair do imenso cemitério a céu aberto. Somaram vinte e oito cabeças quase intactas. Ferimentos leves e escoriações em alguns. Outros ilesos, embora chocados de tal forma que sua recuperação se tornava duvidosa.

Alguns foram ajudados a montar. Abandonariam os mortos. Trinta e três homens atingidos por flechas. Todos estalando em chamas quando saíram em passo lento; arqueados sobre os cavalos. Perto de duzentos foram esfolados pelos índios. A possibilidade de chegar a Uptown só, sem mais seguidores, assustou o Peregrino.

John Doe vira Trevis morrer enquanto dormia. A flecha se cravou sobre seu peito num baque seco. Estava desperto e atento, olhando-o. Observava o único homem com quem ainda mantinha afinidades. Quando se sobressaltou Trevis já não mais existia. Era uma massa ígnea.

Vinham tendo uma trajetória de perdas desde que surgira esse a quem chamavam de Peregrino. Todas elas dolorosas. Não tinha mais ninguém e isso o deprimiu. Estava só. Seguia agora ao lado daquele homem.

Deixaram para trás os menires e as chamas, que ainda podiam ser vistas ao longe; pequenos círculos de luz. Clarões difusos que chamejavam junto às rochas.

A garoa intermitente parara, dando lugar a uma névoa branca que cobria o terreno, dando-lhes apenas pequenas nesgas de visão do solo que percorriam. O ar continuava quente e úmido, com um vento brando. Seguiam uma trilha que parecia levá-los para alguma corrente de água. Podiam ouvir o chapinhar distante.

A correnteza dentro do Peregrino o vergastava. O lodo ao fundo formando torvelinhos. Estava tenso como há muito não ficava. Sentia-se acuado. Dava-lhe vontade de gritar, mas se continha. De esmurrar as costas do cavalo, estrebuchar nervoso... Algo estava acontecendo e não sabia o quê. Queria entender o rumo dos fatos, mas não tinha como.

Refletia sobre a sorte que os sobreviventes tiveram. Não estavam vivos graças ao espírito indômito e à experiência bélica. Pura e simples sorte. Nada mais que isso. Jamais pegaram em armas a não ser para derrubar o poder em Middletown. Um bando de desordenados ajudados pela presença coincidente do Peregrino às portas da cidade. Não sabiam o que eram os índios, nem o que era o mundo além das três cidades deste estranho lugar.

Diria estar num sonho se admitisse ser enganado tão bem. Nenhum sonho o faria sentir a náusea da morte e do sangue esparramado como sentira fazia pouco no vale dos menires.

– Por que me salvou? – a pergunta de John Doe foi como um disparo inesperado, rompendo o silêncio.

Já pensara em diversas respostas a essa pergunta. Não encontrara nenhuma até o momento.

– Não sei.

Cavalgaram taciturnos por mais um trecho.

– Não confio em você – retornou John Doe.

– Nem eu em você – respondeu o Peregrino com rispidez.

– Você é um simbionte.

Não fora uma constatação, porque não havia como constatar tal fato, mas fora peremptoriamente acusado. O Peregrino estremeceu, não de raiva ou melindre desta vez, mas de medo. A imputação lhe perturbou profundamente. Não podia negar que ele mesmo duvidava de sua natureza.

– Sorte sua e dos outros se for assim. De outra forma estariam mortos – a resposta não teve outra intenção se não a de causar revolta. John Doe a sentiu.

– E não estão? Olhe para trás e veja quem nos segue! Defuntos!

– Não pedi que me seguissem. Não sou responsável por ninguém. Mortos ou vivos, não me importam – pela primeira vez se sentiu mal com tal resposta. Estava mentindo.

John Doe se calou emburrado. Engoliu em seco quando a vontade era sacar o rifle e atirar no homem. Controlou-se.

– Estou de olho em você.

Foi tão ingênua a ameaça do garoto que o Peregrino sorriu. Era um menino, afinal. De início não lhe fazia nenhuma diferença se estivesse morto, mas agora se sentia preso a ele de uma forma que não podia explicar. Estar próximo, cuidar dele e salvá-lo sempre que preciso fosse. Era isso que tinha que fazer.

Desceram uma ravina. Os cavalos cuidando para não escorregarem, os homens controlando-os com as rédeas. Ao fim deram com um rio. Caudaloso, corria célere com breves e pequenas ondas se agitando nas margens. Não podiam ver muito mais além da beirada, estando o resto mergulhado numa escuridão profunda. Uma massa negra e rumorante. Seguiram pela margem, evitando se aproximar das águas.

O Peregrino se sentia explodindo. Quase impossível conter o nervosismo. Avançou ponteando o grupo até que parou poucos minutos depois, cheirando o ar, sentindo o ambiente. Havia um odor de queimado, a fumaça lhe entrando pelas narinas. Viu atento e agitado o fogaréu distante, do outro lado do rio, iluminando o firmamento. Uma coluna de fumaça se erguendo.

– Um incêndio – disse excitado. A cena o abalava de tal forma que empalidecia rapidamente. O atingia em regiões profundas, despertava-o.

John Doe e os demais olharam para a direção indicada mas não viram nada.

– O que há lá na frente, afinal? – resmungou um dos homens. Os outros continuavam com os olhos arregalados, procurando um fogo que não conseguiam encontrar.

– Incêndio. É um incêndio – murmurou o Peregrino, já estremecendo.

– Não há incêndio nenhum, ali – retrucou John Doe.

O Peregrino olhou para John e depois para os homens. Apontou o dedo, insistente.

– Lá! Do outro lado do rio. Uma casa...

E então se deu conta do que vinha gritando dentro dele desde dias atrás. Uma casa à beira do rio, onde moraria ao se aposentar. Olhou de imediato para a orla mais próxima, procurando por um homem atormentado que socava a margem barrenta, gritando de dor e frustração.

– Redflag! – gritou com o coração em pedaços. O cavalo simbionte relinchou, batendo os pés em resposta – Redflag! – reiterou, procurando um sinal seu nas águas frias do rio Trenton. Saltou do cavalo e caminhou trôpego até lá. Ajoelhou-se na beirada, afundando os joelhos na lama. John Doe e os homens o observavam, assustados.

– Me ajudem a procurar! Redflag está por aqui... Em algum lugar, no rio!

Ergueu-se num átimo. Olhos distantes, observando a casa de paredes brancas que era consumida pelo fogo. Pensou em atravessar a correnteza e impedir o incêndio. Lembrou-se dos tiros e do casal entregue à lascívia. Levou ambas as mãos ao peito e recuou tropeçando nos próprios pés.

Foi quando ouviu um distante apito de trem. Virou-se inquieto.

– O trem, vocês podem ouvir? É ele! Está próximo, depois daqueles outeiros! – apontava para formações que só ele, em seu louco devaneio, podia ver. Continuaria com a demonstração de loucura não fosse um gigantesco pássaro surgir, sobrevoando-os. Pousou num mourão distante uma dezena de metros.

O Peregrino se aquietou e ficou olhando a montanha de penas se equilibrando. Os homens igualmente atentos, embora armados.

Ele mesmo sacou o Colt, olhos bem abertos, boca inquieta, tartamudeando silencioso. Deu dois passos mais para perto, ergueu a arma e apontou. A ave abraçada a si mesma, não podia ser vista senão as asas imensas como a capa de um livro.

Puxou o gatilho. O pássaro se agitou sobre o toco e permaneceu lá, quieto. Ou o disparo não o atingira – absurdo que se recusava a acreditar – ou não lhe provocara efeito nenhum – outro absurdo no qual custava crer. Disparou mais duas vezes. A mesma agitação sobre o mourão. Enfiou o revólver no coldre e se aproximou devagar. Exortaram-no para que não o fizesse. Se tivesse que ser atacado, que fosse. Pouco lhe importava.

Então, como a responder ao avanço pacífico, as asas pouco a pouco se abriram, revelando uma bela e nua mulher no interior. Pés delicados pousados na rude madeira, braços cruzados sobre o peito, ocultando os seios brancos como o mármore. O púbis exposto, pequeno triângulo de pelos. Pernas de coxas firmes e grossas. Pele alva com uma manhã de inverno. Os cabelos soltos a cair pelas costas. Olhos verdes e brilhantes. Sorriso meigo e convidativo. Ventre acentuado.

– Madeleine! – gritou o Peregrino, afogueado, levando, em tormento, as mãos ao rosto. Cambaleou sem forças e tombou inerte. Desmaiara diante de tão profunda descoberta.

Capítulo 27

Eram idênticos! Homem e máquina exatamente iguais.

Era a primeira vez que os poucos homens que o acompanhavam tomaram as rédeas da situação. Ao vê-lo cair, abriram fogo contra a ave agourenta. Viram a mulher que estava no abraço emplumado e foram tomados pelo pavor. Era hedionda. Exibia os órgãos expostos, a barriga aberta num rasgo longitudinal deixava as tripas de fora, penduradas e gotejando sangue fresco. O rosto lívido era a própria máscara da morte. Olhos perfurados vazavam líquidos. O sorriso era monstruoso. A pele queimada deixava evaporar uma fumaça nauseante. Os tiros que desferiram em nada a perturbaram e ela só levantou voo minutos depois, desaparecendo na escuridão.

Desmontaram e foram correndo até o Peregrino, tentando, em vão, despertá-lo. John Doe permaneceu sobre o cavalo. Fitando ainda o toco onde a ave estivera pousada. Vira uma mulher de incomparável beleza e sentira uma imediata sensação de conhecê-la. Uma incomensurável emoção, jamais sentida anteriormente. O coração disparou no peito e pela primeira vez sentiu amor. Um amor tão completo que lágrimas brotaram, toldando-lhe a visão.

Os homens que tentavam acordar o Peregrino olharam para John Doe, pasmos com o choro convulsivo de que fora tomado. Não sabiam o que acontecia. Por que o Peregrino ficara fora de combate, o que o atingira de maneira tão dura. Nem o que afetara o garoto de inigualável coragem que o acompanhava desde o início da jornada.

Ergueram o homem pelas axilas e o arrastaram até seu cavalo. Aproximaram-se da montaria com cautela, já que o temiam. Era simbionte, e tudo meio máquina meio orgânico devia ser odiado. Foi só ao ser recostado que finalmente abriu os olhos, como se despertasse de um longo e profundo sono.

– Redflag – murmurou segurando-o pelas rédeas. O animal respondeu ao chamado, movendo-se devagar. A cabeça se mexeu para cima e para baixo enquanto bufava, soltando uma rápida nuvem de vapor pelas narinas.

Não foi solto imediatamente, pois não demonstrava estar em pleno domínio de sua vontade. Olhou um a um os homens que o seguravam, tentando identificá-los. Depois fechou o semblante, tornando-se sombrio. Afastou os homens com um safanão e montou em Redflag, não sem alguma dificuldade.

– Precisamos continuar – disse com a voz embargada. Então olhou para John Doe e estremeceu. Viu-o tentando secar lágrimas. Viu o desespero no rosto do rapaz e o compreendeu perfeitamente, como jamais fora capaz de compreender uma pessoa.

Desde o advento da ave nada mais assistiram, senão a escuridão e o rio. Nada foi dito sobre o acontecido, ficando tanto o Peregrino quanto John Doe calados.

O Peregrino vasculhava a memória atrás de mais elementos ligados ao passado. Lamentava-se que viessem à tona em partes, geralmente desassociadas umas das outras, formando um imenso quebra-cabeça. Encontrava-se montado sobre Redflag, por mais absurdo e incompreensível que pudesse ser. Ele morrera. Afogara-se no rio Trenton enquanto intentava atravessá-lo numa fuga desesperada, querendo escapar de seus atos.

Caminharam por milhas até se depararem com uma elevação íngreme. Procuraram por alternativas, mas a escuridão dificultava a busca. Um dos homens identificara uma trilha estreita, tão difícil de ser percorrida que se quisessem continuar por ela teriam que abandonar os cavalos. Isso lhes causou mal estar e desconforto, principalmente ao Peregrino que descobrira Redflag tão recentemente.

Sem alternativas, deixaram-nos e se arriscaram. Foram em fila indiana, perfeitamente conscientes do enorme perigo que corriam.

Estavam expostos. Podiam lhes fechar a passagem à frente e também atrás. Ficariam presos eternamente. Podiam lhes despejar na cabeça uma chuva de pedras até esmagá-los e soterrá-los.

O caminho que trilhavam foi ficando cada vez pior. A elevação era escarpada e a senda acompanhava essa inclinação fazendo-os darem tudo de si e um pouco mais para continuar. Mãos ansiosas se apegavam a frestas, saliências e rachaduras. Escalavam aquele outeiro de altura desconhecida, pisando uns nos outros. Blasfemavam enquanto subiam. Xingavam as dificuldades, ralhavam enquanto se feriam nas pedras.

Nada viam à frente, iam tateando para prosseguir. Nada viam abaixo. Suavam apesar do frio súbito que se abatera sobre eles. Não chovia, mas a umidade era intensa. Podiam sentir a rocha molhada, o que não os ajudava na escalada.

Chapéus caíram enquanto avançavam, empurrados pelas paredes próximas. Camisas e sobretudos iam se rasgando. Calças se enganchavam em pequenas e pontudas saliências, não restando a eles alternativa senão darem puxões constantes, fazendo-as se rasgarem em pontos diversos. Salvavam-lhes as botas. Com os pés nus jamais conseguiriam.

A subida estafante encontrou um fim tanto tempo depois que julgavam ter passado dias na empreitada, embora tivessem se passado no máximo, três quartos de hora. Saíram no que lhes pareceu um terreno plano. O ar era pesado e rarefeito. A escuridão menos intensa, parecia deixá-los mergulhados em sombras, numa penumbra relativa em que podiam enxergar sem precisar exatamente o que viam. Um ronco vibrante fazia tremer o chão e os homens acima dele.

Deram a si mesmos alguns minutos de descanso. Tentavam enxergar além do que a meia-luz lhes permitia, mas ainda eram incapazes de suplantar a própria capacidade física de fazê-lo. Neste momento eram iguais, sem hierarquias que os diferenciassem. O Peregrino estava em meio a todos, igualmente ofegante e irritado por tantas arranhaduras.

Após o tempo necessário para se recomporem, reiniciaram o avanço. Caminhavam ombro a ombro e não mais em coluna. Formavam um grupo fechado num único objetivo: chegar à Uptown custasse o que custasse.

Andaram algumas centenas de metros, quando foram obstados por um grupo de homens que vinha em sentido contrário. Eram metálicos. Todos modelados de forma a se assemelharem a humanos. Seus passos retumbavam no solo seco. Apreensivos, sacaram as armas, no que foram imediatamente imitados. Estavam prestes a abrir fogo quando o Peregrino e John Doe, quase em uníssono, gritaram:

– Não atirem!

Parados, permaneceram com as armas apontadas, os dedos pressionando os gatilhos. Do outro lado, os metálicos faziam o mesmo. De um lado expressões de preocupação, do outro também.

– Baixem as armas – pediu o Peregrino.

Abaixaram-nas lentamente, ainda inquietos. Guardaram-nas nos coldres, surpresos em constatar que os metálicos lhes copiavam os movimentos nos mínimos detalhes. Uns deram alguns passos para frente, tentando discerni-los melhor. Outros do lado de lá imitaram o avanço. Inclinavam-se procurando ângulo melhor para a observação e os metálicos faziam o mesmo. Moviam-se de lado, coçavam a cabeça e lá repetiam cada gesto, da mesma maneira.

O Peregrino, John Doe e mais dois homens foram à frente. Do grupo dos metálicos dois deles se destacaram e avançaram igualmente. Um dos homens gritou tomado pela surpresa quando chegou a uma distância tão segura quanto necessária para identificar quem ia em sua direção. Exibia a mesma aparência, o mesmo semblante e a mesma altura do seu semelhante.

Eram idênticos! Homem e máquina exatamente iguais.

Os demais avançaram movidos pela curiosidade. Viram autômatos análogos se aproximarem também. Repetiam cada gesto, cada passo de maneira tão incrivelmente simultânea que imaginavam estar diante de espelhos.

Ao tentar cutucar o ombro de um, o outro acabava cutucando o dedo do primeiro. Ao mesmo tempo. Acabaram descobrindo a função destes seres mecânicos logo depois. Era-lhes impossível avançar. Eram obstruídos pelos metálicos que se adiantavam na mesma direção, provocando o choque uns contra os outros.

Apenas o Peregrino e John Doe, que anteciparam a natureza relativamente inofensiva dos surpreendentes seres metálicos não possuíam autômatos afins. Apenas eles puderam se esgueirar e continuar, assombrados com o fantástico artifício que haviam presenciado.

Havia uma espécie de entendimento tácito que não podiam explicar. John Doe, apesar disso, sentia pelo Peregrino uma aversão genuína. Como se visse nele os piores defeitos que um homem, seja inteiramente humano ou simbionte, poderia ter.

Não acreditava em sua infalibilidade. Já o vira sangrar. Já o vira cair ao chão, desmaiado. Era um fracote munido de uma arma impressionante, só isso. Com aquele Colt 45 qualquer um seria herói.

Bateram nos ombros, olharam para frente e continuaram em direção ao que acreditavam ser o fim da viagem.

Capítulo 28

Engrenagens tão grandes que venciam a limitação imposta pelo céu.

O Peregrino deixara o ânimo ao largo do rio Trenton. Sentia-se fraco, esmorecido e derrotado. Desmoronava internamente. Algumas verdades o atingiram com a força de um estouro de búfalos. Questionava-se sobre onde estava. Que raio de lugar era aquele. Pensava na possibilidade de retornar e tomar posse das minas de Dinger, de ir à Middletown e investir nos estranhos e fascinantes aparatos mecânicos. Tentava fincar os pés no que acreditava ser a vida em todo o seu significado: negócios, lucros e progresso. Mas temia estar perdendo tempo. Temia ver todos os seus planos afundarem em águas tão revoltosas quanto as do rio.

O ronco que ouviram ainda permanecia; mais intenso agora. O chão vibrava e John Doe arrastava os pés, cansado. Haviam sido expostos a uma carga física extrema, viajando longos percursos com pouco descanso. Passaram por momentos de intenso estresse, viveram situações de enorme perigo. Os custos eram lentamente cobrados. Poderia deixar o menino para trás e seguir em frente, mas a contragosto retardava as próprias passadas para que pudessem ficar lado a lado.

Só quando John Doe parecia tão esgotado a ponto de parar, foi que o Peregrino interferiu.

– O que há?

– Não sei. Cansaço extremo. Mal consigo respirar.

– Melhor ficar.

John Doe olhou para o Peregrino com irritação.

– Sei bem que quer isso. Minha presença o incomoda.

– Hum-hum – concordou o Peregrino. O garoto realmente o incomodava, mas de um jeito que não podia explicar. Não lhe queria mal e o conselho fora honesto.

– Maldito – grunhiu o garoto.

John Doe ainda insistiu mais alguns metros, porém a respiração dificultada fazia-lhe chiar o peito.

– Não posso respirar – reclamou ofegante.

– Não sinto nada. Para mim está tudo bem.

– Claro que não, você é o Peregrino – respondeu John Doe com sarcasmo antes de tombar de joelhos. As mãos no peito, arfando com dificuldade. Desmaiaria se o Peregrino não o tomasse nos braços e o levasse para trás, distanciando-se do ponto onde estavam. Quando a respiração do rapaz melhorou, ele o largou.

– Alegre-se. Seguirá sozinho. Seja lá o que exista adiante, quer só você – John Doe estava inconformado. Queria tanto chegar ao fim da jornada que lhe custava crer que o fim, para ele, estava exatamente ali.

O Peregrino deixou-o para trás e prosseguiu. Causava-lhe mal-estar abandonar o garoto, mas não via alternativa. Não podia renunciar à busca.

Não possuía nenhuma noção do que o cercava, do que haveria além do alcance limitado de sua visão. A correnteza deixara de se manifestar desde que passaram pelo rio. Como se ela o abandonasse para se juntar à sua nascente.

Poucos dias se passaram desde que saíra da caverna. Nesses poucos dias vira figuras estranhas e incompreensíveis, cidades se rebelarem e homens morrerem. Pensou em Madeleine e estremeceu. Pensou na casa próxima ao rio, nos campos e nas flores cultivadas nos jardins. Nas trutas que pescava vez ou outra. Na companhia ferroviária e nos planos de expansão territorial. Pensou nos milhares de dólares investidos. Pensou na decepção, na dor, no ódio, na revolta e estremeceu.

Pensaria mais se não fosse interceptado por uma criança. Oito ou nove anos de idade. Nu, sujo, cabelos desgrenhados, olhar perdido e inexpressivo. Distante dele dois metros, os braços caídos ao longo do corpo.

– Quem é você? – perguntou. O garoto não respondeu. Mantinha-se inexpressivo, olhando-o como se não o visse.

O menino então abriu a boca, projetando a cabeça para frente, o maxilar estendido, os olhos arregalados. Uma engrenagem enferrujada começou a girar veloz, batendo em placas metálicas que ocupavam o lugar dos dentes. O Peregrino se sobressaltou, assustado. Observava com terror a pequena criatura cujos olhos se irrigavam cada vez mais rápido, tornando-se rubros. Rosto pálido com minúsculas veias azuis que cresciam e latejavam.

A visão era tão aflitiva que se apressou, saindo dali.

Viu o que pareciam montanhas a uma distância difícil de calcular. Remexiam-se, parecendo possuir protuberâncias móveis. O chão vibrava com mais intensidade e o ronco aumentava gradativamente.

Deixara a criança para trás, mas não se livrara da cena perturbadora. Distinguiu um grupamento humano mais à frente. Andavam em desordem, aparentemente perdidos. Chocavam-se uns nos outros. Uns caíam, outros lhes passavam por cima, dificultando que se reerguessem. Eram crianças. Muitas e muitas crianças, das mais variadas idades. Centenas, milhares delas. Todas nuas, imundas e silenciosas. Olhares vazios.

Se quisesse continuar teria que ultrapassá-los, atravessando o aglomerado. Foi o que fez. Não lhe davam atenção, trombavam nele ao tentar passar. A cada um que deixava para trás, esse lhe dirigia o rosto, arregalava os olhos, escancarava a boca, projetava a cabeça e fazia estalar ruidosamente a engrenagem que repousava dentro dela. Olhos rubros e rostos com veias latejantes. Um a um repetindo a mesma ação até que o estrépito se tornasse intenso e aterrorizante.

O Peregrino fechou os ouvidos, apertou os olhos com força e começou a correr. Trombava com muitos, caia e se levantava, girava sobre o próprio corpo, alucinado, ele mesmo com a boca aberta, emitindo gritos abafados de terror.

Era apenas um fiapo de gente, já trôpego, quando chegou ao que parecia ser um largo corredor ladeado por menires. Seguiam-se um após o outro numa sucessão a perder de vista. A claridade aumentara, possibilitando-o a distinguir do que se tratavam as enormes elevações que antes tomara por montanhas. Engrenagens. Justapostas, umas maiores que as outras. Formando intrincado mecanismo. Umas tão grandes que pareciam vencer o firmamento. Giravam provocando o ronco que vinha ouvindo.

Mas não eram as únicas coisas a surpreendê-lo.

Havia abutres pousados sobre os menires, como uma espécie de comitê de recepção. Olhavam-no de forma maligna. Batiam as asas enquanto avançava, sem atacá-lo, porém. Estalavam a boca e retiniam as garras. Olhos retráteis iam e vinham emitindo zumbidos.

Avançou até o ponto em que os menires terminaram. O fim deles indicava o fim de uma etapa. Um grupo de delegados simbiontes parecia apontar claramente o início de outra. Mas esta, talvez, mais breve. Guardavam diligentemente um portal. Todos armados até os dentes; nenhum deles, porém, demonstrando beligerância. Como se o aguardassem. Acima do portal havia letras esculpidas artesanalmente na rocha: Uptown.

Saíram da frente, franqueando-lhe a entrada. Passou por eles sem ser molestado. As portas se abriram. Ele entrou. Estava em Uptown.

Pelo menos, por instantes, pensara que sim.

Capítulo 29

A loucura é capaz de conduzir a lugares mais críveis que a realidade.

Abria-se um dia ensolarado. As ruas da cidade de Trenton se encontravam apinhadas de gente, uma vez que se iniciava a feira agrícola anual.

A feira, além de criar excelentes oportunidades aos fazendeiros da região, oferecia aos cidadãos a chance de se divertir, uma vez que acorria à região, além de centenas de visitantes, um bom número de companhias teatrais, circenses e parques de diversões que montavam lá suas tendas.

Aproveitava-se a data para a realização de um sem número de concursos e campeonatos, fossem culinários, de tiro ao alvo ou até mesmo de boxe. Quatro dias de negócios e diversão, garantindo à cidade um fluxo de dinheiro tão necessário aos comerciantes locais.

Trenton progredia a olhos vistos. Moravam lá cerca de oitocentas famílias, quase todas proprietárias de terras. Havia também comerciantes de todos os gêneros. Era bastante organizada, palco de pouquíssimas disputas. Fazia cinco anos que fora uma das escolhidas para abrigar a feira. Era uma honra que os dirigentes locais aceitaram com grande felicidade, já que isso os colocava em posição de destaque no cenário estadual.

Claro que a escolha se deveu muito mais a fatores políticos que geográficos. Moravam lá dois grandes investidores da companhia ferroviária nacional e ambos com bastante influência. Foi igualmente importante o fato de a cidade estar no caminho da rede ferroviária, que passava dentro dos seus limites, trazendo-lhe muito mais desenvolvimento.

Havia uma aura de grande excitação. Eventos como aquele provocavam corre-corre. Crianças inquietas e sorridentes. Senhoritas com olhares brilhantes, casadouras ou não. Senhoras ansiosas por mostrar dotes culinários e muito dispostas a experimentar os dotes de outras. Homens, jovens e maduros em busca de diversão.

Eram quatro dias em que a cidade mergulhava num intenso frenesi

O Peregrino adentrou pela rua principal, caminhando devagar. Estava atordoado com a mudança brusca de cenário. Não precisou mais que de alguns segundos para descobrir que a cidade em que estava não era Uptown. Esta ele conhecia muito bem já que morara nela por toda a vida. Era Trenton.

Confuso demais para se perguntar o que fazia lá. Observava pessoas tão conhecidas, indo e vindo, contentes. Enxergava as tendas, ouvia os megafones; uma correria comum em dia de feira.

Olhou para trás em busca do portal, mas nada viu a não ser a própria cidade que se expandia, crescendo mais e mais. Reconheceu Gibson juntando os filhos na charrete da família. Viu Donna arrastando o vestido na rua de lajotas, correndo para pegar uma carona. Era viúva e estava de olho nele, que guardava ainda luto pela morte recente da esposa, vítima de tuberculose. Passaram por ele, acenando alegres. Viram-no, reconheceram-no e felicitaram-no. Isto o surpreendeu mais que tudo.

Não queria acreditar que era esta a cidade que procurara desde que saíra de Downtown. Havia ali uma mistificação que não queria aceitar. Uma mágica poderosa que distorcia a realidade. Pensou em John Doe e onde o deixara. Pensou nos homens barrados por engenhos metálicos. Pensou em tantas coisas que vivera nos últimos dias e se recusava a crer que tudo não passara de sonho, ou pesadelo.

O portal devia estar em algum lugar, oculto por um encantamento que não compreendia. Ou enlouquecera e vivia ali o ponto culminante de uma alucinação.

– Onde está Madeleine, homem? – gritou-lhe um rapaz que passou correndo. Reconheceu o filho do barbeiro, jovem talentoso no piano. Hábil também com um winchester. Brandon era o seu nome. Acompanhou-o com o olhar até desaparecer numa rua transversal.

Mergulhado num oceano de lembranças, hipnotizado pelo ambiente familiar. Andava na direção da feira, atraído pelo vozerio que aumentava enquanto se aproximava.

Madeleine lhe ocupara as lembranças, então. Onde estaria, perguntou-se. Sem dúvida, em casa. À margem do rio. Onde moraria definitivamente ao se aposentar, o que levaria muito menos tempo do que imaginava. A rede ferroviária lhe traria lucros rápidos. Poderia se dedicar à criação de cabras e à esposa. Encheria o lar de filhos. Ensinaria-os a arte dos negócios. Mostraria-lhes as vantagens do raciocínio matemático, o raciocínio do lucro. Faria com que fossem a feiras como essa e os ajudaria a comerciar cabras para aprender o manuseio correto do dinheiro. Ensinaria-lhes sobre a importância do progresso, a força inabalável das rodas da fortuna e a motricidade das engrenagens que giram o mundo e tudo o que há nele.

Faria tudo isso. Faria muito mais. Conquistaria o mundo para que pudessem conquistá-lo dele.

Apesar de serem as primeiras horas da manhã, a feira já ia agitada. Visitantes e expositores não queriam perder tempo e enchiam os corredores, cada qual com suas pantomimas, gritando, rindo, gesticulando.

Ia passando pelas pessoas sem vê-las propriamente. Rostos apenas, misturados e amalgamados. Ignorava as bandeirolas, as cores diversas, as jovens e os rapazes que corriam desatentos. Não dava conta dos inúmeros animais expostos. Ia caraminholando estratégias de conquista que fariam o mundo inteiro se ajoelhar aos seus pés. Forcejava a imaginação, construindo um cenário futurista, resultado do progresso continuado e do esforço ininterrupto de cientistas e estudiosos de todas as áreas.

Era um homem do progresso. Vivia por ele, financiava-o e adorava-o mais que tudo. Primeiro, trens. Depois outras formas de transporte e outras formas de viver o cotidiano, onde o desenvolvimento faria do mundo um orbe magnífico, repleto de comodidades. O carvão, o vapor, as engrenagens e o mundo.

– Homem, você é um Peregrino! – disse-lhe um velho com vasto bigode ruivo. Segurava uma caneca cheia de cerveja.

Franziu o cenho, arrancado de suas lucubrações. Olhou para o velho que ainda o encarava e então sorriu tendo a impressão de conhecê-lo, de tê-lo visto em Middletown, mas não teve certeza. Só então observou melhor a redondeza, as pessoas, os expositores e viu, aqui e ali, alguns com quem tivera contato, seja em Downtown, seja em Middletown.

Isso o perturbou.

– Vai pelo mundo vendendo ideias de progresso acima de tudo. O progresso pelo progresso – continuou o velho, bebendo um gole da cerveja e deixando-a escorrer pelo queixo.

– E sendo muito bem pago por isso – respondeu, reconhecendo se tratar de Joe Sanders, capataz do rancho do Prefeito da cidade. Deixou-o para trás quando um homem com olhos negros e pele marcada pela varíola o pegou pelo braço, puxando-o para um canto afastado.

– Fico feliz que tenha vindo. Pensei que iria pegar o trem para a viagem inaugural deste trecho.

Observou o homem que ainda o segurava pelo braço. Era Philip DuBon, contador da Companhia Ferroviária, homem meticuloso e calculista.

– Os irmãos Brown mataram ontem dois Sioux desgarrados que andavam por estas terras. É bom nós nos garantirmos. Sei que contratou um ex-delegado federal para proteger sua casa e Madeleine, mas acharia melhor se fizéssemos uma ronda. Achá-los se estiverem por aí e acabar com eles de uma vez por todas.

Soava-lhe de repente como se tudo antes não passasse de um devaneio. Acabaria pensando assim não fosse pouco a pouco se dando conta de que cada fato, palavra, gesto, olhar capturados na feira, das pessoas que o cercavam, eram consumações passadas, eventos já vividos. Não havia nada novo ali. Não estava existindo novamente, senão numa recapitulação de um momento específico da sua vida.

E balbuciou a resposta que dera ao homem das chagas num dia qualquer do seu passado, num tempo que não soube definir porque lhe fugiu esta noção, acordando para o fato de que experimentava uma espécie de ida e vinda própria de quem estivesse passando pela Garganta do Enlouquecido pela primeira vez, ignorando-lhe os efeitos.

– Melhor eu voltar para casa e avisar Madeleine para se cuidar. Pegar o rifle e... – Calou-se porque nada mais tinha a dizer.

Lembrou-se que voltaria para casa e flagraria a amantíssima esposa num vigoroso embate sexual com o homem que contratara para protegê-los. Congelou. Foi se entorpecendo, quase não ouvia Philip o alertando para o fato de que Madeleine estava grávida e que nessa condição era preponderante garantir-lhe uma segurança que extrapolasse a simples vigilância; que todo cuidado era pouco. Diante dele se apagou a agitação da feira e se formou a cena que lhe desgraçara a vida. Foi tomado pelo ódio e sentiu as mãos tremerem.

Virou-se e se pôs a correr. Não sabia para onde ir, não sabia onde estava Redflag naquela imitação de realidade. Apenas disparou pelos corredores estreitos da feira, trombando com muitos, tentando achar uma saída. Percorrer o trajeto todo a pé até chegar em casa e matar os malditos tantas vezes quantas necessárias até que nunca mais lhe retornassem à memória, seja como pessoas, seja como fantasmas para assombrá-lo.

Quase sufocou. Móveis e cortinas ardendo em chamas. A fumaça era densa. Caminhava perdido, tossindo, o pulmão prestes a explodir. A linda casa à beira do rio virava um amontoado de brasas.

O cheiro do guisado se misturando ao da madeira seca crepitando. Os pedidos fracos de socorro vindos do andar de cima, onde tanto a puta quanto o maldito assavam devagar.

A fumaça se extinguiu e com ela as lembranças mais pungentes. Trenton havia desaparecido. A cidade inteira sumira para em seu lugar surgir uma praça arborizada. Um playground sem cores, onde as árvores, o chão, as calçadas e o céu exibiam uma única tonalidade acinzentada. Um brinquedo se movendo devagar. O ranger de metal contra metal.

Uma menina no balanço. Cabelos encaracolados. Expressão vazia.

Só quando ele se aproximou que os olhinhos dela se moveram. Para olhá-lo, para observá-lo bem. Então o balanço parou.

– Papai – murmurou a menina.

E o Peregrino se ajoelhou aos seus pés.

Não havia sanidade. Aprendera que a loucura é capaz de conduzir a lugares mais críveis que a realidade. Evidente que a menina não poderia ser sua filha. Madeleine estava ainda nos primeiros meses de gravidez quando morreu.

Ajoelhava-se mesmo assim, certo de estar diante da pequena cujo nome ainda não tinham escolhido. Olhava-a se compadecendo. Exibia grande semelhança com Madeleine. Um olhar firme e uma expressão vigorosa, própria da mulher que amara.

Chegara à conclusão, movido por uma lógica compreensível, que a procura terminara. Que as crianças que buscava não eram mais que apenas uma. Todas numa só, porque todas as crianças do mundo, juntas, não valeriam aquela menininha.

Tocou-lhe a face morna com meiguice. Sentiu seus olhos se umedecerem.

– Vim salvá-la, filha. Papai chegou.

O olhar da menininha voltado para os olhos do homem enternecido. Um momento de comunhão, de união que fazia duas almas se tornar uma só. Ela, então, abriu a boca fazendo surgir uma engrenagem que girava enlouquecida, batendo de encontro a uma chapa metálica.

Ele gritou com a força da desilusão, do medo e da rejeição. Gritou como um alucinado. A própria carne abria fendas profundas e sangrava.

Estava destruído.

Capítulo 30

Então riu o riso dos loucos.

Os últimos gritos só se calaram quando abriu os olhos e se descobriu à beira de um despenhadeiro. O rosto contorcido pela dor. Ergueu-se e se adiantou com alguma dificuldade. Cada passo provocando dores difíceis de suportar.

Aproximou-se da beirada. Diante de si toda uma garganta, cercada por precipícios cuja profundidade não podia mensurar. Engrenagens e mais engrenagens. Não via rocha, a não ser onde pisava. Todas numa miscelânea indistinguível. Algumas tão enterradas que estremecia ao imaginar até que ponto poderiam atingir.

Era um minúsculo grão de areia no imenso oceano de engrenagens. Perdeu-se na contemplação. Terrível e magnífico. Talvez o fim da jornada, talvez não. Talvez Uptown, talvez não.

– Não importa quantas vezes nos vejamos diante deste penhasco, a visão é sempre deslumbrante, não é mesmo?

Estremeceu quando o ouviu. Sabia quem era. Eram tantas as coisas sem explicação que mais esta já não o surpreendia. Virou-se pouco a pouco e olhou-o nos olhos sem, contudo, esconder o espanto. Tentou dizer alguma coisa, mas as palavras lhe faltaram.

– Fico feliz que tenha chegado sem muitos ferimentos. Às vezes não é fácil. Você se saiu bem desta vez – continuou Harvey.

– Quem é você? – balbuciou o Peregrino.

– Amigo, tutor... Pai, eventualmente.

– Eu o matei. Dei-lhe um tiro. Você devia estar morto.

–Você também devia. E olhe só, estamos um diante do outro. Não é fantástico?

O Peregrino franziu o cenho, confuso. Olhou ao redor. Era deslumbrante, não podia negar.

– Que lugar é este?

– Pode chamá-lo de Uptown... – respondeu Harvey como se o fizesse um número incontável de vezes.

– Não há cidade...

– Queria uma? Magnífica? Cheia de luzes? Tecnologia pulsante? Da maneira que sonhou por toda a vida?

– Não há nada aqui, a não ser... Isto – apontou para as engrenagens e para além delas, onde o firmamento parecia recortado por rodas dentadas a se perder de vista.

–E não é maravilhoso? As engrenagens movem o mundo... Você conhece bem este pensamento.

– Não há vida aqui.

– Aqui é vida, rapaz. Este é o coração do mundo! É aqui que se garante o funcionamento de tudo o que conhecemos. Uptown é o centro do nosso universo.

– Minha vida não é aqui. Que lugar é este? – voltou a inquirir o Peregrino.

Harvey avançou alguns passos, passou por ele e postou-se à beira do penhasco. Olhava embevecido para a paisagem.

– Não me canso de olhar estas maravilhas. Sempre que possível venho até aqui e as admiro demoradamente. É assombroso como funcionam com extrema sincronicidade. Jamais falham. Mesmo as que parecem imóveis têm o tempo certo para começar a girar. E girarão tão logo lhes chegue a hora.

– Você estava na reunião. Disse ser um fazendeiro.

Harvey voltou-lhe o olhar brevemente.

– Sou muitas coisas. Sou o que quero ser. Fazendeiro, ontem. Metalúrgico, hoje. Cientista, amanhã. Sou muitas das engrenagens que giram diante de nós e sou nenhuma.

– Quero voltar.

– Você vai... Muitas vezes – o sorriso foi franco. – Me surpreende que até hoje não se tenha dado conta.

– Do que está falando?

– De Madeleine.

– Que tem ela?

– Está morta, oras! – Harvey girou, colocando-se de frente para o homem.

O Peregrino estremeceu. Voltou-lhe a menina à memória. Sentiu-se sangrar ainda mais.

– Madeleine... Ela...

– Bela e recatada, não é? Não parecia assim quando a encontrou empinando sob o delegado. Não recatada, pelo menos.

Harvey riu sem poder impedir-se. Visualizou a cena. Madeleine penetrada vigorosamente pelo homem que a agarrava por trás como se pretendesse entrar inteiro dentro dela.

– Delegado – murmurou o Peregrino.

– A companhia ferroviária recebia ameaças de fazendeiros, sitiantes e temia a ação eventual de índios desgarrados. Investidores eram particularmente vulneráveis. Você era um deles. Alguns delegados foram contratados para oferecer segurança. Esse você mesmo escolheu. Trabalhou para a Pinkerton como detetive e ajudou a controlar algumas greves da ferrovia no meio oeste. Depois foi delegado numa cidadezinha do sul e por fim delegado federal. Trabalhos extras sempre renderam um dinheiro a mais. Madeleine garantiu-lhe diversão, também.

– Eu o escolhi. Não precisa me lembrar de todos os detalhes.

– Estou sempre pronto a refrescar-lhe a memória.

– Estamos em que parte do país?

– País? – Harvey riu sem embaraço. – Meu caro, isto é um território. É o melhor que posso fazer para defini-lo. E você reclama por progresso... Não teve um bom vislumbre dele quando esteve em Middletown? Da próxima vez deixe que os homens que o acompanham descansem mais. O esgotamento físico custou a vida de muita gente.

– Do que está falando?

– Estou falando de crianças, rapaz.

– Crianças?

– As que veio buscar. Não veio atrás delas?

– Não vim atrás de crianças.

– Veio atrás de ouro, sei bem disso. As crianças eram pretexto. Mas está aqui e por elas.

– Nada sei sobre crianças. Só as que eu vi lá atrás, as monstruosidades.

– Não elas, meu caro. Não elas. Aquelas são fantasmas que o assombram, e que continuarão a assombrá-lo caso não se corrija. Eu falo da linda menininha que poderia ter sido, mas não foi. A do cabelinho encaracolado, com feições semelhantes às da mãe.

O Peregrino se calou. A dor ainda muito forte. Esta conversa tinha tudo para fazê-lo desmoronar.

– Ela conquistaria o seu mundo.

– Não possuo nada que possa ser conquistado.

– Agora é você que precisa fazer as conquistas, rapaz. Você é o Peregrino. É assim que o chamam. Bastante apropriado. Você peregrina atrás de respostas e atrás de uma criança. Sempre e sempre atrás das mesmas coisas.

– Do quê está falando?

– Você não se cansa de fazer sempre as mesmas perguntas?

– Por que fez isso a ela?

– Engrenagens são os engenhos que rodam o mundo idealizado por você. Ficam mesmo bem em qualquer lugar, até na boca de uma inocente menininha.

– Girando, batendo...

– Engenhoso...

– Revoltante!

– Pior que uma bala esfacelando um crânio ainda mal formado?

Não havia como responder à questão. Ter matado a filha era um grande crime, mas como o evitaria sem deixar de matar a desgraçada?

– Madeleine estava grávida... Como pôde?

As mãos que tinham parado de tremer voltaram a ser sacudidas por espasmos. A respiração acelerada, o coração agitado dentro do peito.

– Ela jamais poderia ter... Jamais... A vadia...

– Grávida! Grávida! Grávida! Uma menininha! Graciosa, bela, inteligente! Grávida, seu idiota!

– Ela não poderia ter feito aquilo comigo. NUNCA!

– Que tipo de marido é esse que não respeita a esposa grávida? Que não projeta o futuro e as maravilhas que ele trará na pessoa da graciosa menininha? Aguarde a criança nascer, depois expulse a mulher. Sabe que tipo de homem era você? Era do tipo que raramente ia para casa, sempre preocupado demais com quantos dólares ganharia nos próximos dias. O tipo que trepava com prostitutas em saloons! O tipo que adorava a mulher enquanto ela o fazia se sentir um provedor. Mas que não satisfazia os apetites dela, nem mesmo os sexuais!

– Quem é você?

– Quem é VOCÊ? – replicou Harvey, irritado.

O Peregrino titubeou, lambeu os lábios, limpou os olhos enquanto tentava controlar o piscar constante, o franzir de cenho.

–Meu nome é Peregrino. Sou o Peregrino – Mãos trêmulas pegaram o Colt.

– Você é um filho da puta. Um filho da puta que mata crianças. Um filho da puta que não se importa em saber onde seu rico investimento será empregado. Um filho da puta que pouco se importa com quantos serão mortos em nome do progresso. *Ho hóyewayin Wakan Wanagi. Wówakhan*... Isso lhe diz alguma coisa?

– Não me diz nada – murmurou o Peregrino, abalado, olhar perdido, ora nas engrenagens, ora no Colt que mantinha erguido, apontado para o homem à sua frente.

– Claro que nada lhe diz! Muito me surpreenderia se lhe dissesse alguma coisa! Houve ocasião em que brindou quando um destacamento de soldados contratados como mercenários trucidara um acampamento Sioux que se recusava a abandonar o caminho da ferrovia. Feliz, foi beber uísque até se embebedar, depois foi vomitar no ventre de uma prostituta.

– Não fiz isso.

– Claro que fez. Olha, filho... – Harvey tentou apaziguá-lo.

– Não sou seu filho! NÃO SOU SEU FILHO!

– Essa maldição vai acompanhá-lo, rapaz. Esse Colt que tem nas mãos não pode salvá-lo do seu destino.

– Você é um, um...

– Sou o gerente deste imenso motor. Trato de manter perfeito o funcionamento do coração do mundo. E sempre cuidar de você para que não perca seus objetivos. Para que esteja sempre aqui, junto de mim, neste momento tão doloroso e necessário. Esperando que recue. Que aceite a culpa. Que se arrependa e se redima.

– *Ho hóyewayin Wakan Wanagi. Wówakhan. Hé wichúnt'e itóiyohila oyáte, wakhanheza, wínyen, wichá, chéunniciyapi, unkiksuyapi He hé wichúnt'e, ho, hé wichúnt'e wakan, Nithúnkasila chókilapi*... O que significa isto?

– Diz que você é um espírito errante, um espírito sagrado. Que tem responsabilidades com homens, mulheres e crianças. Que o criador tem respeito por eles e também pela morte, condição que você impôs a pessoas inocentes. Blá-blá-blá que funciona. Claro que minha tradução é livre, sem compromisso com a literalidade. Não creio que tenha interesse em conhecer a tradução exata. Não teria muito sentido para você, assim como não tem para mim. Mas diz tudo o que precisa ser dito. Conta a sua história, John. Conta a sua vida depois da vida.

– Isso tudo é uma loucura. Estou vivendo um pesadelo. Não me interessa nenhuma tribo Sioux destruída. Você não é meu pai, nem tutor, nem amigo. Se já tivesse estado aqui antes, me lembraria. Nunca conheci nenhum dos homens que vi. – O Peregrino parou, pensou e piscou várias vezes. Lembrou-se dos rostos conhecidos que vira em Middletown e Downtown e que partilharam com ele uma realidade num tempo que já não conseguia mais precisar.

– Claro que sim. Homens que dividiram culpas com você. Vivem aqui até o dia em que se libertarão. Todos se libertam, um dia. Até você.

– Insanidade. Nada disso é real. Montanhas que andam, humanos alados, simbiontes, maquinismos estranhos. Bizarrices, extravagâncias. Não há explicação para nada.

– As explicações estão na sua própria imaginação. Não há nada aqui que não tenha sido idealizado por você e pelo uísque que lhe corria nas veias. A loucura do progresso. Aqui é o seu mundo, este é o seu universo, John.

– Não matei Madeleine. Não vi morrer Redflag na travessia do rio, não estive na reunião. Você não existe; nada disso existe! – o Peregrino balançava a cabeça, categórico.

– Ei, esta estratégia de negação é novidade! Jamais a utilizou antes. Viva! – Harvey bateu palmas, animado e surpreendido. – Pena que não vá resultar em nada.

– A correnteza, o que é a correnteza?

– O rio Trenton, filho. Você e Redflag, uma travessia perigosa, as águas turbulentas.

– Ela ruge dentro de mim.

– Ela rugirá sempre.

– Ela me domina.

–Você se entregou a ela, homem. Não foi só Redflag que sucumbiu àquelas águas.

– O trem! – exclamou o Peregrino. – O trem! Estive nele! Deve ter explodido. Estou morto. É isso, não é?

– A correnteza foi buscar quem lhe fugia. O trem seguiu seu curso.

– E isso me trouxe ao fim do mundo.

– Aqui é o começo de tudo, rapaz. Mas pode ser o fim também, desde que resista aos ímpetos assassinos que o afligem. – Harvey sorria.

– Não sou rapaz, para você. Sou o Peregrino. O PE-RE-GRI-NO!

– Sim. Em busca da SUA criança perdida. Em busca da SUA salvação!

As mãos balançavam violentamente. Mesmo que quisesse fazer pontaria, não lhe seria possível. O Colt mirava para todos os lados, raramente passando por Harvey. Olhos banhados por lágrimas e pelo suor que lhe escorria pela fronte. Avançou dois passos vacilantes, procurando melhorar a mira. Harvey se manteve parado à beira do precipício, deprimido. Não era dessa forma que veria tudo acabado. Esperava que o homem lutasse contra o Colt e tombasse a seus pés implorando por perdão. Ainda era uma alma atormentada demais para isso.

– Por que, assim? Por que eu? Por quê?

– Porque essa é a tua sina, John Doe – disse Harvey, segurando as mãos do homem para que pudesse puxar o gatilho sem chances de erro. O tiro foi abafado pela pressão das mãos de Harvey no tambor e pelo peito colado à abertura do cano. O corpo atingido se precipitou vertiginosamente no despenhadeiro.

Então o Peregrino riu o riso dos loucos. Deixou-se retorcer pela insanidade. O rosto contraído pelas gargalhadas que ecoavam distantes. Calou-se quando as primeiras engrenagens pareceram se soltar dos encaixes. Bilhões de tambores rufando era o fragor que causava o desmantelamento. Apavorou-se e, em pânico, jogou-se contra o portal, esmurrando-o, querendo sair dali.

Capítulo 31

O corpo, arremessado para trás pela violência do impacto, foi cair sobre ossos esbranquiçados.

Não havia uma única lembrança perdida que não fosse desenterrada nos últimos instantes. Desde a infância até a travessia desastrada do rio que fizera ele e Redflag sucumbirem em suas águas. Ainda batia desesperado à porta do coração do mundo, querendo sair, enquanto o chão ia se desfazendo.

As engrenagens, todas elas, rolando de um lado ao outro, chocando-se estrondosamente, rachando-se ao meio, rasgando paredes, saltando ao espaço de forma a desaparecer de vista, ou mergulhando nas profundezas.

Colunas de fumaça e vapor subiam, formando nuvens pesadas. Havia uma forte chiadeira como se milhões de chaleiras gigantes estivessem fervendo água ao mesmo tempo. Via o firmamento se romper, deixando cair água sulfurosa e magma em profusão assustadora.

Antecipava a própria destruição no fogo e no caos quando a porta se abriu. Cambaleou para fora, virando-se rápido e fechando-a atrás de si, apavorado e ofegante. Foi surpreendido por um silêncio profundo e intenso. Uma penumbra intensa que dificultava a visão.

Respirou fundo algumas vezes, tentando recuperar o autocontrole. Viu seis simbiontes caídos no chão. Imóveis. Cutucou-os com cuidado. Verificou um a um. Pareciam mortos. Caminhou indeciso, ainda trêmulo, até onde começavam os menires. Assim como os simbiontes, os abutres também estavam caídos e imóveis. As engrenagens que existiam além daquele cenário haviam desaparecido.

Aproximou-se e avaliou alguns abutres de perto. Eram horríveis.

Carne e ferro mesclados. Uma mistura sanguinolenta. Não acreditava que pudessem existir. Difícil aceitar que um dia, num delírio alcoólico, imaginara estas criaturas.

Avançava devagar e com cuidado. Não queria ser surpreendido. Estava confuso e assustado. Tropeçou em algo e parou. Inclinou-se e identificou um vulto. Era um menino. Olhos arregalados, boca aberta. A engrenagem imóvel. Exalava um repugnante odor putrefato.

Teve dificuldades em prosseguir. O terreno estava repleto de corpos, todos mortos e em decomposição. Todos exibindo as engrenagens de forma impudente. Olhos e bocas escancaradas.

Imaginou-se só naquele mundo desconhecido. Abandonado à própria sorte. Foi com alívio que distinguiu movimentação mais à frente. Um grupo de homens se movia. Eram os homens que o acompanhavam, mais John Doe – arrepiou-se diante dele, observando-o de maneira discreta, mas assustada.

Rodearam-no excitados. Falavam ao mesmo tempo, atropelavam-se nos comentários. Todos querendo saber o que acontecera.

– Os metálicos tombaram de repente! – disseram uns.

– Foram caindo como frutas maduras – disse alguém.

– Uma vez livres, avançamos e encontramos o garoto mais adiante – explicou um deles.

– Quis continuar, mas temi perder a respiração novamente – falou John Doe como se estivesse se desculpando.

– O que aconteceu? Onde estão as crianças? – perguntou o mais velho dentre eles, oriundo de Downtown.

O Peregrino sentiu um nó no estômago. Contraiu-se em dolorosas recordações. A menção às crianças o remetia diretamente à Madeleine e à menininha.

– Não há crianças. Não há – respondeu desalentado. Isso de fato o perturbava. Seria tão bom se tivesse podido salvar pelo menos uma, a única por quem buscava.

Os homens se agitaram. A notícia os surpreendera.

– E Uptown, como é essa cidade? – perguntou-lhe John Doe.

– Um lugar terrível. Cheio de verdades. Engrenagens girando o mundo. O rio Trenton buscando o que é seu – murmurou.

Com isso se afastou. Nada mais restava falar. Desceram a escarpa, calados. A correnteza arrastando-o dolorosamente por um caminho tortuoso, repleto de pontas e farpas.

Redflag estava morto. Caído ao pé da elevação. Esperava por isso mas não pôde evitar a tristeza. Recusou-se a dividir uma montaria. Continuaria a pé. Antes de seguir viagem verificou o Colt. Para sua surpresa estava descarregado.

– Para onde vamos? – inquiriu um dos homens.

– Para casa – respondeu. Incerto sobre qual casa se referia. Não sabia se voltaria à Middletown, a Downtown ou à caverna de onde saíra. Qualquer lugar passava a ter a mesma importância. Nenhum ouro chamava-lhe mais a atenção.

Seguiram ao largo do rio, que, inerte, não corria em seu leito. Não apareceu a ave agourenta desta vez. Nem viu a casa em chamas e os rolos de fumaça que saiam dela. Nada a não ser uma noite sem estrelas. Uma escuridão silenciosa e opressiva.

Chegaram ao vale dos menires. Todos os corpos já calcinados. Pisavam-nos, sentindo o solo irregular e fofo. Caminharam pela garganta onde os seres que riam e uivavam apareceram. Nada deles, então.

Foram em frente. Não houve chuva nem nuvens. Não havia vento forte, nem aragem. Estavam na planície que antecedia a cidade de Middletown. Não viam luzes em lugar algum. Não sabiam se estavam na direção correta. Nem dia nem noite, apenas escuridão.

A destruição do oceano infindável de engrenagens fora arquitetada com maestria. Mas condoía-lhe a alma pela sucessão de erros que o lançara naquele torvelinho. Rasgava-lhe o peito a dor provocada pelo remorso.

Um dos homens gritou, alertando-os. Encontraram os restos de uma casa. Escombros que preservavam ainda uma leve quentura. Sinal de que a destruição fora recente. Depois dela, encontraram outras e outras. Logo toda a cidade de Middletown se revelava como um amontoado desmoronado ou incendiado.

Um ou outro vivente, perdido em meio à destruição. Patrick, um dos poucos que sobreviveram à jornada, gritou desesperado por Anabella e saiu a galope pela cidade, à sua procura.

Homens da comitiva ficaram para trás com a intenção de tentar reconstruir a cidade, se isso lhes fosse permitido. Os demais saíram dali logo em seguida. Prosseguiram ao encontro de Mogul. Encontraram-no horas depois. Estava quieto. Nem aves, nem insetos, nem répteis, nem roedores. Não havia vida em lugar algum.

Mogul os recebeu em seu dorso no mais absoluto silêncio. Atravessaram-no em passo cadenciado. A escuridão os impedia de acelerarem, se assim o quisessem. Encontraram cabras num determinado momento, mas estavam mortas. Não ofereciam nenhum perigo. Desceram do outro lado da cadeia montanhosa por um estreito declive.

Buscavam Downtown. Alguns tombavam sobre as selas. Respiravam com dificuldade, vencidos pela fadiga. A cidade surgiu de repente, assim como Middletown surgira. Estava desolada. Escombros por todos os lados.

Desmontaram para vasculhar. Caminharam pelas ruas. Acharam muitos mortos; ou soterrados por desabamentos súbitos, ou vencidos pelo medo e pela escuridão. Poucos vivos, encolhidos sobre si mesmos. Um deles, o delegado Martin. Olhar perdido, boca crispada. Tremia e gaguejava coisas sem sentido.

O jovem John Doe ficara consternado ao ver Middletown destruída, mas era Downtown que lhe trazia muitas das lembranças que possuía. Caminhou trôpego pelas ruínas, meteu-se em emaranhados, rasgou-se e arranhou-se. Ajoelhou-se, por fim, e chorou. A escuridão a ocultá-lo. Olhou para o céu e conclamou silencioso pelas estrelas. Em meio a lamentos deu-se conta da verdade que lhe gritava na carne. Desde o início duvidou da origem e missão do homem a quem chamavam de Peregrino. Acreditara desde o início que era um mentiroso, um charlatão que se aproveitava da boa fé dos demais. Um homem temido pelo Colt que possuía, mas só isso. Um criminoso, no fim das contas.

Os homens seguiram em frente, deixando John Doe para trás, que se recusou a acompanhá-los. Negava-se a seguir os passos do homem que destruíra tudo o que conhecia. Lembrou-se de que prometera a si mesmo atirar no desgraçado no mesmo momento em que descobrisse que ele era uma fraude. Sentiu seu coração acelerar e agarrou-se ao rifle com raiva e determinação.

Passaram pela Garganta do enlouquecido que perdera sua principal característica. Seguiram pela planície até chegarem ao Posto de

Trocas, igualmente desmantelado. Passaram por ele como se nem estivesse ali.

Chegaram ao sopé da montanha e pararam. Os homens viram o Peregrino se adiantar, arrastando os pés no solo pedregoso. Expressão abatida. Estava vencido. Fracassara e voltava agora ao começo de tudo, para se juntar aos ossos que iam ali se amontoando.

Viram-no subir numa pedra e se virar para eles. Combalido, semblante derrotado. Olhar perdido de quem nada mais tem na vida. Arrastar nervoso de pés entre os sobreviventes. Olhares mútuos de dúvida e consternação. Os homens estavam confusos e cansados. Sem norte, sem equilíbrio. O Peregrino em quem tanto confiaram acabou por não lhes realizar os sonhos.

Então, rompendo o pequeno grupamento, surgiu o jovem John Doe. Empunhando seu rifle, olhar assustado, mas decidido. O ódio lhe queimando as vísceras.

O Peregrino entregue ao destino, apenas aguardando o fechamento de mais um ciclo.

O jovem ergueu o rifle e o apontou para o peito do homem à frente. Reflexo de si mesmo. Esperou por uma reação, por um pedido, por um clamor qualquer que o impedisse de puxar o gatilho. Mas foi brindado com o mais absoluto silêncio. O disparo estrondeou pelo vale.

O corpo foi arremessado sobre ossos esbranquiçados. Assim que o velho John Doe exalou seu último suspiro, começou a alvorada. Como num milagre, o Sol despontava no horizonte.

Os homens que até o momento pareciam presos ao Peregrino, viram-se, súbito, libertos. Voltaram-se todos, retornando a Downtown. Prontos para, juntos, reconstruírem a cidade e devolver a ela o esplendor do passado.

O jovem John Doe se aproximou do corpo. Observou-o, atento. Agachou-se, largando o rifle no chão. Cutucou o morto com certo receio. A raiva devagar se esvaindo para em seu lugar surgir uma indisfarçável curiosidade. Tateou o morto em busca de partes metálicas. Buscou por provas que confirmassem ser ele também um simbionte. Nada encontrou. Então se deteve no Colt 45.

Por instantes temeu tocá-lo, mas águas indomáveis se agitaram. Manuseou-o detidamente. Verificou o tambor: carregado. Brilhava sob os primeiros raios de sol. Intacto, como se jamais houvesse disparado um único tiro.

Tomado por uma embriaguez repentina, subiu a íngreme escarpa. O fez com destreza. Avançou para a caverna, adentrando-a com intensa familiaridade. Fascinado pela arma, não a largava. Sentou-se, fechou os olhos e se viu tragado para dentro do rio, cada vez mais fundo.

Foi em busca de Madeleine, Redflag, da linda menininha de cabelos encaracolados e da própria redenção, se tivesse merecimento suficiente para encontrá-la.

Abandonou-se à correnteza, já que a ela jamais poderia vencer.

Este livro foi impresso em papel pólen bold
na Printing & Internet Solution S/A em outubro de 2011.